明德书系

劳马作品集
小说·话剧·随笔

劳马/著

一个人的聚会

中国人民大学出版社
·北京·

潜台词 67

潜台词 69
情况会发生变化 72
讲话 74
佩服 76
述职 79
仙人掌 82
输与赢 86
镀金的听诊器 92
别以为我不知道 96
升迁 100
说心里话 103
幸福时光 106
有意思 110
抱负 113
辅导员 116
班干部 120
心情 125
一分钟的遗憾 128

夙愿 131
没劲 134
没电了 138

幸福百分百 143

幸福百分百 145
幸福生活 149
借钱 151
买邻居 154
保险 157
我的理财经历 160
家乡的讯息 166
乔迁之悲 170
预言 174
春运 177
坐电梯 181
落枕 184
看中医 186
活死人 190

个别人 195

个别人 197
可乐 200
金嘴 203
博学的人 207
讲病情上瘾的人 210
脚不沾地的人 213
宅人 217
理想 219
辩手 222
臆造的故事 224
一碗面条 227
一顿饭 231
海龟 236
万一 240
中毒 242
游伴 245
表嫂 249

柔软的一团 255

柔软的一团 257
消失的三轮车 261
通向财富之路 264
处方 268
一块五毛钱的爱情 271
冷 276
四十斤小米 281
捡垃圾 287
渴 290
香水 292
孝顺 295
抓阄儿 298
急救 302
求情 304
等一会儿 306
一个人的聚会 308

某种意义

他说，在某种意义上讲，亲信是可以提拔重用的。
他说，在某种意义上讲，某些事是可以一个人说了算的。
他说，在某种意义上讲，某些错误决策是难免的。
他说，在某种意义上讲，一些违法行为是可以理解的。

某种意义

我敢说我的上司是一只狡猾的老狐狸。

我还敢说，再优秀的猎人也斗不过我的上司。

要知道，我在他手下差不多干了一辈子，直到现在还是经常有一种被蒙在鼓里的感觉。

例子太多了，我一时又想不起来。许多事情往往就是这样，天天都在发生，可让你拿出实证来，你的脑袋又是一片空白。

对了，就说我的上司挂在嘴边的口头禅吧，那最能说明问题了。

我的上司对一件事情做出评判前，总是在句子前头加上"某种意义"。你明白了吧？就是说他不论是讲话还是批文，都有一个限定句子，即"在某种意义上讲"。

他说，在某种意义上讲，亲信是可以提拔重用的。

他说，在某种意义上讲，某些事是可以一个人说了算的。

他说，在某种意义上讲，某些错误决策是难免的。

他说，在某种意义上讲，一些违法行为是可以理解的。

我的上司认为，在某种意义上讲，国有资产流失是必然的。同样，在某种意义上讲，贪污腐败是合理的，买官卖官是有积极作用的，嫖娼赌博是不可避免的。

我被他的"某种意义"搞得头昏脑涨,他却说,在某种意义上讲,我的这种反应是正常的。

我曾经代表机关里的所有同事向他请教他所谓的"某种"到底是哪种。他拍桌子向我吼叫道,"在某种意义上讲,某种属于任何一种!"我不敢继续追问,只好退下自责。我经过反复思考认识到,在某种意义上讲,我基本上属于某种傻子。

后来我的上司被"双规"了,即在规定的时间到规定的地点去接受纪律检查部门的检查了。

对于这个突如其来的变故,我们局里的许多人都认为,在某种意义上讲,这是迟早的事情。

草原

草原只是个概念。

沙漠是传说中的草原,那里曾经飞过雄鹰。如今,它的丑陋败坏了草原的名誉,模糊了人们的记忆。

有人在炒作"草原"概念。沙漠中出现了尼龙草、塑料花和合金骨架搭建的蒙古包。老牧人向游客们描述着昔日"风吹草低见牛羊"的肥美景色,神情既兴奋又悲凉。

子孙和游人半信半疑的目光深深地刺痛了老人的心,他发誓——以祖先的人格担保,我所说的一切都是绝对真实的,不是幻觉幻象。他曾经生存其中,那副"雕花的马鞍"就是物证。他眼睛里闪着泪光,记忆中的家园并不遥远。

牧人的儿子离开了草原,他是坐着拖拉机走的。那时黄沙没有如此猖狂,青草倔强地与入侵者进行着殊死搏斗。锹、镐、锄,把草原糟蹋得遍体鳞伤。隆隆的马达声彻底粉碎了草本植物绝望中的梦想。粮食作物要在机械化开垦的大地上安家落户。连一个春天都没熬过,就像牧民们进城之后水土不服一样,玉米、大豆便断子绝孙了。

"野火烧不尽,春风吹又生。"牧人们相信草原还会出现奇迹。盼了一年又一年,再没见到绿的踪影。

牧民的儿子回来了,他在大学里学到了回天的技术。他发誓一定要让乡亲们看到那生命的颜色。几年过去了，他垂头丧气地又走了。他说，他再也不回来了。他的家乡在别处，在有绿色的地方。

说归说，牧人的后代无法割舍草原情结。他又回来了，他带来了"草原"的概念。他说，只要心中有绿色，世界就是绿的。

有人问他："你这些年做啥去了？"他憨憨地笑着，见四处无人，他告诉问者："我是搞意识形态工作的。"

红皮鞋

拥有一双红皮鞋，是我家两代人的梦想。

小时候，农村很苦，家家户户的日子都过得紧巴巴的，大人们一般都穿着破烂的布鞋或胶鞋（胶鞋又称"解放鞋"），皮鞋很难见到。至于小孩子，春夏秋季基本上都打赤脚，光着脚丫子四处跑，包括到学校读书。冬天，才能穿上里面塞着软草或碎棉花的"解放鞋"。

村长有一双皮鞋，颜色是红的。据说，他当年当兵打仗时去过上海，这双鞋就是从上海带回来的。是买来的还是偷来的，已无从考证。

村长的红皮鞋很扎眼，每年只穿几天，就是过春节拜年的那几天。

村子里无人不知这双名气很大的红皮鞋，从五十年代开始，每当过年时，这双颜色鲜艳的鞋子就会出现在村子里的各家各户。村长上身穿着件半新的青面小棉袄，两只袖子耷拉着，走路一甩一甩的，因为村长的胳膊永远都不插在袖子里。

年长日久，只要红皮鞋一出现，就伴随着爆竹声。这双鞋就如同春联、灯笼一样，是过年的象征。村长穿着这双鞋，显得很有精神，官味儿也很足。毕竟是见过大世面的人，红皮鞋是从上海带回来的，除了村长，村子里没有人知道上海到底在村子的什么方向。

红皮鞋为村长带来了荣耀和体面，也为他带来过麻烦和不幸。有一阵子搞"三反"、"五反"，有人由红皮鞋联想到他的经济状况和生活作风，于是上级办了"学习班"，并没收了他那双知名度很高的红皮鞋。村长心疼了好一阵子，一提起这件事，他的嘴里就不干不净说出许多难听的话。那年冬天他没挨门挨户地拜年，想必是没有了红皮鞋的缘故。运动过去了，上级又把红皮鞋退还给了村长。村长乐得合不拢嘴，春节时家家户户又看到了村长脚上的鲜红的颜色。过了些年，"四清"工作组又拿村长的红皮鞋找茬儿，这一回红皮鞋虽然保住了，村长的位子却让别人占了去。那一年，村长又没拜年，光有红皮鞋而丢了职务看来也不行。

再后来，村长又穿起了红皮鞋，在春节喜庆的气氛中走家串户。当着村长的面，乡亲们都喊他村长或大爷、大叔、大哥、大舅的，但背后都统一叫他"红皮鞋"。"红皮鞋"成了村长的绰号。

我父亲和我哥哥都曾渴望有朝一日能穿上那双与权力、地位和尊严相一致的红皮鞋，但一直未能如愿。

四十多年过去了，我早已离开了那个村子。那双深深印入我童年脑海中的红皮鞋渐渐地被淡忘了。老村长两年前告别了人世，那双红皮鞋大概也随着他去世或者在他去世之前早已废弃了。

前几天，我儿时的一位小伙伴来京旅游并找到了我。见面的一瞬间，我的目光就被他脚上那崭新的红皮鞋吸引住了。"当村长了吧？"我本能地问。"你怎么知道的？我刚上任。"他憨笑着。我也笑着，脑海里浮现出小时候的情景。

·情况反映·

我写了份《情况反映》，准备寄给北京的一家报社。

为了写好这份情况反映，我花了整整一个星期的时间。向上级和媒体反映情况一定要客观、真实，不能有任何水分。我为此做了充分的准备。各类数据和事例都在动笔之前作了反复的核实，援引的上级文件和领导讲话我也一一做了校对。在确保一切都准确无误的情况下，我才把材料打印好，封装在一个大牛皮纸信封里，寄给了报社。

写这份《情况反映》纯粹是我的个人行为，并不是组织或领导交给我的任务。我觉得作为一名普通的基层干部，有责任和义务向上级部门或媒体反映发生在我们身边的一些应该引起关注和重视的真实现象。我原本想直接把这份材料寄给中央领导，转念一想觉得不妥，因为他们日理万机，太忙了，偌大一个国家每时每刻要发生多少大事啊！相比之下，我反映的情况太微不足道了，我可不想给他们添麻烦，耽误他们的宝贵时间。再说我的《情况反映》写得拉拉杂杂，琐琐碎碎，措辞造句也不讲究，字数却超过了五万字，冗长而又粗糙。没办法，我又没有润色修饰的本事，只好寄给报社。如果报社的大记者大编辑们能在百忙之中翻一翻，瞄一眼，然后引起他们的关注，我就十分满意了。我可不指望他们全文或摘要发表它。

噢，对了。还有一点我得郑重申明，我写的可不是什么举报信或匿名信之类的告状材料。我敢说我写的材料和我的名字一样真实。所以我把自己的通讯地址和真实姓名端端正正地署在了文字材料的最后。

我做梦也没想到的事情发生了。

两个月后，我收到了报社寄来的报纸。我的《情况反映》竟然发表在了该报的副刊上，而且是连载，连载了半个月。

我吓坏了。不仅我的名字作为作者印在了报纸上，而且我材料里出现的真人真名，也未加任何技术性处理就公开示众。更让我大惑不解的是，报纸把我写的材料当成了中篇小说刊登在"精彩阅读"的栏目下。

于是，我就突如其来、莫名其妙地成了"作家"，而且是"当红作家"。

报社打电话约我写一篇创作谈，还要搞一个长篇专访。因为"小说"发表后在读者中引起了极大轰动。他们要窥视小说作者的私人生活。

我一连几个月睡不踏实。我躲到一个朋友家里，惶惶不可终日。朋友误认为我是杀人后畏罪潜逃，怕受到牵连，背着我报了警。警察呼啸而来，不由分说就把我铐起来带走了。好在我们生活在一个法制的社会，多数人还是能依法办事。警官们虽然一开始把我的交代视为痴人说梦、天方夜谭，是对国家机器的戏弄和对公安人员智商的嘲讽，但是最终他们还是接受了我那绘声绘色的解释。他们不仅把我放了，临别时还请我在他们的调查笔录上签名留念。

这篇名字叫《情况反映》的"中篇小说"被多家报纸杂志转载，最后竟被评为当年的年度小说金奖。我一直没敢回家，至今仍寄住在一个偏远的亲戚家里。我不敢去参加什么"隆重的颁奖典礼"，更不想惹出什么新的麻烦。我在电话里跟老婆检讨，千错万错都是自己的错。我请她谅解并不要对孩子说出真相。我妻子在一段时间内为我承受了很大的压力，她面对着苍蝇似的记者和评论家，不得不扯些谎话，比如"他得了传染病不能接受采访"，或者"他面部从小烧伤无法提供照片"，等等，终于阻止了媒体进一步炒作的企图。

老婆的临危不惧和宽宏大量让我感恩戴德。她平生最讨厌的就是"作家"，我也搞不懂在她的内心深处怎么会把作家和流氓骗子画上了等号。我通过熟人向她传话："等这场风波过后，我一定重新做人，决不再写什么《情况反映》之类的臭东西了。"

我有一支枪

区武装部的一位中校军官在办公室里跟我说:"你的那把枪,由我们保管吧!"

"枪?什么枪?"我瞪大眼睛,十分诧异地盯着他。

"手枪,五四式的。"他斜靠在沙发上,往前倾了倾身子,把烟灰弹到烟缸里。

"开玩笑,我哪来的什么手枪呢,真的,假的?"我紧张地笑了笑,从他对面的椅子上站了起来,摊了摊双手。

"真的。你确实有一把枪,是我们发给你的。"中校又往烟缸里弹烟灰,但烟头掉到了茶几上。他慌忙把它拣起来,又拍了拍裤子,把散落的火星拍到了地板上。

"喊,简直是笑话,你们什么时候发给我枪了?"我认为这位肩上扛着"两毛二"肩章的家伙在恶搞。

"去年就发给你了。"他平静而肯定地说。

"去年?我一个普普通通的老百姓怎么会发给我枪呢?"我感到莫名其妙。

"您不是普通老百姓,您是领导干部并分管民兵预备役工作。"中校特意用了"您"来尊称我。

"我只是建筑公司的负责人,又不是军人,怎么会持有枪支呢?"我还是希望他明白。

"是的，您不该自己持枪，所以我们替您保管。"他诚恳地向我解释。

"可是我没有枪，不存在由你们替我保管的问题。"我争辩着。

"您有枪，这是规定。"中校一字一句地说，"您的职务和您分管的工作，都需要配给一支手枪。这是规定，也是您的待遇。您公司的职工中有相当一部分属于预备役士兵，所以您一定要有枪。我说明白了吗？"

"你是说明白了，可是我却听糊涂了。"我急得面红耳赤，"问题是我从来就没有见到你所说的那把枪，你明白吗？"

"是的，明白。不管您见没见过那把枪，您实际上都拥有那把枪。手枪，五四式的。现在我们请求您把枪交给我们保管，这是枪支管理办法里明确规定的，请您配合。"中校从沙发上站起来，严肃地看着我。

"真是荒唐。我确实没有枪，你们可以彻底地搜查嘛，谁都知道私藏枪支是违法的，我怎么会弄把枪藏着呢？"我焦躁不安地大声嚷着。

"您说得对。正因为私人不能持有枪支，所以我们区里枪支管理部要统一保管。"中校保持着立正的站姿。

"可我没有枪，你难道听不懂我说的话？"我急得想跳起来。

"不是我没听懂您的话，而是您没听懂我的话。从理论上讲，您的确有一支枪，手枪，五四式的。但它不能由您随身携带，得由我们归口管理，必须存放在上级指定的军械库里。"中校耐心地告诉我。

"你等等，让我把头绪理一理。因为我的职务和分工，我好像应该拥有一支手枪……"

"不是好像，是真有一支手枪。"他打断了我。

"好吧，就算我有吧。"我摆了摆手。

"不是算有，是真有。"中校又打断了我。

"好吧，我算服了你啦！那就真有一把枪，我却从未听过，也从未见过，今天你专门来取这支根本就不存在的五四式手枪并要替我保管，是这样吧？"我彻底迷惑了。

"差不多吧，就是这样。"中校勉强地露出了一丝笑意。

"那你拿走吧，"我绝望地摊摊手。

"不行。凡事都要有程序，何况是枪支管理这种大事呢，更是马虎不得。"他口气威严。

"那好吧。什么程序？我大喊一声'手枪'，你听到后回答'由我保管'如何？"我几乎要疯掉。

"没那么简单，这不是儿戏。"中校边说边从口袋里掏出一张纸来，"这是枪支保管委托书，请您签字。"

"好吧，我签。"我从桌上的笔筒里抽出一支签字笔。

"还有，这是两份收据。"中校又掏出两张薄薄的小纸条递过来。

"这是什么？"我不解地望着他。

"这是枪支保管费。一张收据是补交去年的，另一张是预交明、后两年的。"

我赶紧让财务部门把钱交给中校。从此以后，我也就成了一位有枪的人。

哲学

"只有傻瓜和笨蛋才学哲学，因为哲学是使人聪明的学问。聪明人本来就很聪明了，不需要再学它。笨蛋想变得聪明，所以才需要学习哲学。好，明天我就要退休了，今天我给大家讲最后一堂哲学课。"不知是兴奋、解脱，还是伤感、留恋，反正教授说到这里声音有些发颤，并掏出手帕（也许是袜子）擦了擦眼睛——准确点说，他是一只手摘下眼镜，另一只手拿着手帕或袜子之类的东西朝眼睛那个部位抹了抹。

教授姓什么、叫什么，我们并不知道，也不在乎，平时同学们都喊他杜老师，但他肯定不姓杜。他曾长期讲授《反杜林论》，因此大伙儿就想当然地认为他也姓杜，可能也叫杜林。再说，姓什么并不重要，从哲学的角度看，教授的本质显然不在于他到底是姓赵、钱，还是姓孙、李，叫教授已经够了，喊杜老师其实也多余。说实话，我们的哲学学得不透彻，才称呼他为杜老师或教授。有些人可不像我们那么愚蠢、幼稚，他们不管对谁都只喊一声"嗨"，高度概括，极端抽象，不管称呼谁都适用。

杜教授从小是个放牛娃，是党和政府把他从牛圈里拉出来，送进了哲学的殿堂。

第一次听到哲学这个概念时，他正好十七岁。据他后来回忆说，头一次听哲学课他就彻底绝望了，光"世界是物质的"这一句话，就让他的精神出现了分裂倾向。他整日整夜地不合眼，把他认为是物质的东西一一罗列出来，写了厚厚的几大摞纸，比如说：大地是物质，房子是物质，粪叉、狗尿、水塘、杨树、马棚、筷子、桌子、炕、眼珠子……都是物质，这些他明白了，但说空气是物质，他就死活想不清楚。凡是肉眼看不到的东西，他就含糊了。如果不把他知道的千奇百怪的各种物质全部数完，他就觉得"世界是物质的"这一说法不大可靠。为了证明这句话，他的体重减轻了三十多斤。

后来，老师又说了句"白马非马"，即白马不是马，这下子可惹祸了，班里有四个同学程度不同地疯了。杜老师便是其中之一。他虽然只放过牛，但马也算是牛的亲戚，白马他见多了，怎么能不是马呢？老师试图给他单独辅导，他警告老师免开尊口，除非你说白马也是马，要不你干脆把我杀了吧。

杜教授和另外三位与他持相同观点者休学一年，在精神病院里继续思考。杜教授真有慧根，一年后竟然大彻大悟，从此迷上了哲学。那三位同学彻底糊涂了，休学变为退学，回家务农去了。杜老师重新回到了课堂，完成了学业并留校执教。

杜老师的讲课水平不低，就是学生们普遍反映听不懂。再说，这年头谁也不愿意听那些不着边际的话，只想学点烹饪、会计、点钞之类的谋生手艺。因此，哲学课很难讲。如果不是上课前点名，老师只能对着桌椅讲；如果不是安排保安把住教室的门，点过名后学生早就夺门而逃了。尽管这样，还有不少同学冒着生命危险从窗户跳下，因此而摔伤摔残的不在少数。

即使留在教室里的学生们也不听课。老师在讲台上滔滔不绝，底下的人在吵吵闹闹，整个课堂变成了农贸市场。只有少数同学品行修养良好，要么看看卡通书，要么闭目深睡，从不影响老师讲课。

杜教授为把学生们拉入哲学殿堂而绞尽脑汁。他使出了浑身解数吸引同学们的注意，不断地改进教学方法。他有时带着一面锣，不定时敲一阵子，还使用过快板、小鼓。他用了一年的工夫，把所有的节假日都搭上了，把哲学原理谱上曲子，唱给同学们听，他唱过通俗的、美声的，还唱过京东大鼓、河北梆子、河南坠子、山东吕剧……也吼过秦腔。还有几次为了强调某些重要命题，他甚至学过狗叫，扮过各种各样的鬼脸。

不知是哲学出了问题，还是现代人的脑袋让脚踩了，杜教授为了哲学事业后继有人，几乎把尊严、人格和性命都豁出去了，可效果一直不明显，几乎所有的人都对哲学无动于衷。

现在可好了，杜教授退休了。哲学把他的一生搞得既充实又空虚，内心的丰富和外表的憔悴对立地统一在了一起。

他还养了一条狗。傍晚时分，也就是在"密涅瓦的猫头鹰"起飞的时段，总能看到他与狗一起散步。那条狗的相貌极其丑陋，浑身长着癞，瘸着一条腿，不听主人的招呼，东一头西一头地乱窜。杜教授死死地抓住拴在狗脖子上的绳子，不停地喊它的名字并诅咒它。

杜教授特别逗，把那条狗取名为"哲学"。

万能

若不是那头该死的老母猪,我在村子里的名气谁也比不了。

二十年前,我是村子里唯一考上大学的人;二十年后,我仍然是村子里唯一读过大学的人。

大学发榜的那一天,乡亲们放着鞭炮,尽管那些鞭炮是我爹用卖猪的钱买的并挨门挨户分发下去的。我一时成了全家和全村人的希望和骄傲。关于我聪慧好学的传奇故事,在村子里流传了好一阵子。

乡下人日子过得紧巴,乡下孩子进了京城也还是保持了其与生俱来的节俭品格。在京城上学期间,我寒暑假均未返乡,四年下来仅路费一项就替家里减轻了不少负担。

大学毕业后的那年冬天,我终于靠自己的工资凑足了回家的盘缠。

四年没回家,乡亲们对我的热情依然不减。这些年,村子里又添了不少新生人口,不论小子丫头都取了和我一样的名字。

整个正月,来我家做客的邻居络绎不绝。屋子里每天都挤满了人,瓜子皮把地面垫得软乎乎的,走上去咯吱咯吱地响。长者们盘腿坐在炕上,吧嗒吧嗒地抽着旱烟。小辈人中只有我有资格享受热乎乎的火炕,坐在炕上那感觉如同坐在主席台中央。

年岁大一些的长辈们,我准确无误地分别尊称他们为爷、奶、姥、伯、叔、婶、舅、姨等。他们一遍又一遍地讲述着我儿时的种种趣闻,大家重复地笑着,我也恪尽职守地附和着,那些关于我的有趣的故事多数在我的脑海里没有丝毫的印象。夸我从小聪明、孝顺、懂事的那些感人的情节,我依稀在《雷锋的故事》中读到过。至于那些偷杏、抓蛇、掏鸟窝等乡下孩子常干的坏事,好像主人公只缺我一个人。

三爷是我本家中最有文化和见识的智者。他一连几天坐在炕头上,半闭着眼睛跟我探讨一些重大问题。

三爷问:"你眼下做啥子营生?"

我答:"在学校里教书。"

他点点头:"噢,当教授了。"

我摇摇头:"不,做助教。"

"啥叫助教?"他睁睁眼睛。

"助教是助理教授,帮助教授做事的。"我想尽量说得清楚些。

"噢,那厉害,比教授厉害,教授还得让你帮助。"他又点点头。全屋子里的所有脑袋都随着他上下点着。

"你教算术还是语文?"三爷又问。在他看来,天下的所有学校只开这两门课。

我犹豫了一下:"教语文。"我若不在他给定的二者里选择其一的话,可能更麻烦。

"噢，咬文嚼字我不会。算术我懂，小九九我还能背个八九不离十，年轻时我当过生产队的会计，加法、减法、乘法都会，除法差一些，老啦，都忘得差不多啦！"三爷不失尊严地笑了笑。

那年春节，我过得很开心。村子里的人也很兴奋。

两年之后，我又回了趟家，那是夏天，学校里放暑假。

与过年时不同，村子里缺少节日气氛，来我家串门的人与两年前相比明显地少了。三爷没有再来跟我探讨问题，他于一年前去世了。

我想早点回京城，妈妈抹着眼泪劝我多住两天。我只好留下了。现在想起来很后悔，如果我执意走就好了，不然不会把名声搞得那么臭。

在我离开家乡的头一天晚上，外面下着大雨。半夜时分，急促的敲门声把我惊醒了。东院邻居家的三胖子老婆上气不接下气地直嚷嚷，说她家的老母猪病了，要我去帮着给治治。我苦笑着解释，我不会给猪治病，我是学哲学的。她固执地认为，上大学的人啥都会。她还说，手头虽然没现钱儿，但治好了猪病，保准儿不会赖账的。等过年时，一定托人往北京给你捎两个大猪蹄子。

我终于没有冒着雨到她家的猪圈里看看。我去了也是白去。母猪死了，她号啕大哭，心疼着那头母猪，又数落着我的不是，大半个村子里的人都听见了。

我的父母也显得很没面子，第二天送我走时，他们的表情里透着失望。

好多年没回家了。村子里现在流行的笑话中最令人捧腹的就是我不会给猪治病的故事。我在乡亲们心中的偶像地位被那头母猪给彻底地毁了。有几个原来跟我取同样名字的后生们也改叫别的名了。"读书无用论"的思潮在村子里愈演愈烈。

今年过年时，我把本已买好的火车票退掉了。我没有勇气面对乡亲们那一双双嘲弄和失望的眼睛，我决心抽时间学学兽医，一定要在乡亲们那里挽回面子，让他们树立起一个信念：学哲学的也能给猪治病！

制 服

孙子孝说，他一辈子都是组织的人。

他说，这用不着查个人档案，只要一看他穿过的衣服就知道他是集体的人、组织的人了。服装能证明一切。

入幼儿园时，小朋友们都穿着统一的小兜兜，上面印着幼儿园的名字外加两片绿叶一朵红花，那是祖国的花朵的意思。

从小学到中学，他穿着校服，上面也有字，那是校名。衣服虽然难看，但必须成天穿在身上。不管走在哪里，人家一眼就认出你来。有一回他在书店里偷偷地往怀里塞了本《红岩》，让人告到了学校，就是因为校服上印着学校的名字。还有一次，他放学时路过一家纺织厂，那里着了火，他跟着端水灭火，人家专门给校长写了封感谢信，也是校服上的名字起了作用。那年夏天，他不慎掉进了下水井，路人救了他，帮他包扎好头上的口子，又把他送回了学校，也是校服帮了他的忙。

中学毕业后，孙子孝参了军，穿上了绿军装，他更成了组织上的人了。那时人们都喊他"小孙"或"小孙同志"。

小孙脱下了军装又穿上了警服，"小孙"变成了"大孙"。大孙复员后当了十多年的警察，那身制服让同学朋友街坊邻居们既羡慕又敬畏。

警察提前退了休，大孙变成了老孙。老孙在家闲不住，又穿上了保安的制服,在宾馆门口替客人开门或引导客人停车,那身服装减少了老孙不少失落感,使他又打起了精神。

老孙改不了当警察时养成的一些坏习惯,他动手打人致伤被抓了进去。他说监狱里也穿着统一服装,上面还编着号,只是没有警察制服的质料好,也不挺括。

老孙在监狱里没待多久就保外就医了。他说,他现在还是穿着统一的服装,那是病号服,医院里发的。老孙住的是临终关怀医院,他得了肝癌。

老孙目前最大的愿望是将来到了另外一个世界也能穿上统一样式的衣服。他说他一生在组织里待惯了,如果不穿上跟别人一样的衣服,他就觉得自己是个另类,找不着感觉。

集体生活

我们几个老头儿，没事时围坐在一起，看着敬老院凉亭石桌上爬动的一群群黑压压的蚂蚁，猜它们在干些什么，以及它们各自的心思。有人说它们在开会，有人说它们在学习，还有个老家伙说它们在游行，抗议美帝国主义。尽胡说！我们一起闷乎乎地笑着，一直等到院长喊我们集合、点名，每人分一个橘子。我这时就想到自己，很像一只蚂蚁。

父母参加革命了，我刚生下来就被送进了育婴院，从此过上了集体生活。

稍大一点，我从育婴院转到了幼稚园。再往后，就是读小学、上中学、当兵、做工，其间还被下放到农场劳动改造，也入队、入团、入会、入党。退休了先是归老干部处管理，仍需参加一些组织生活和集体活动。如今年老体弱，被照顾到了养老院。自小到老，从未脱离过组织和集体。想必到了那一天，依然会住在公墓里，密密匝匝地挤在一起，就像聚成一团的蚂蚁似的，继续开会、劳动、学习……

幼稚园以前的我，没有集体意识。阿姨们教我们排队、举手、齐步走，积极向阿姨们报告那些不听话、不守纪律、私下里偷偷说话的犯了错误的小朋友。告状会得到小红花，甚至会分到一块硬糖。我也争先恐后地揭发小伙伴的不是，成了小告状迷,一看见身边的哪个小家伙尿了裤子、碰翻了饭碗,就兴奋得手舞足蹈,又有了"立功"的机会。

小学、中学就不用说了,集体意识进一步增强。入队、入团,争当先进,都必须关心集体、热爱集体。凡是班级、学校组织或号召的活动,我都积极参加,从不落下。我们班长最看不惯一个人闷头独处了。只要有同学单独躲在角落里看书或发呆,他就觉得那个人有了思想问题,说不定是个人主义在作怪。中学时的团支书更是如此,她主张不论看书、唱歌,还是跳舞、运动,都应该大家一块儿参加。她常把我们召集在一起,共同读一本书,几个人轮流着念上一段。唱歌自然是合唱了,由她亲自指挥打拍子。团支书最反对跳交谊舞了,所以我们经常围成一圈,汗流浃背地学跳集体舞。毕业前,有位男生一连几天都沿着河边独自散步,被我们发现后连续开了几天会,从灵魂深处帮助他克服这种脱离集体的自由主义的危险倾向。

等参了军当了兵,那就更不能离开集体一小步了。集体住、集体吃、集体训练、集体学习、集体洗澡、集体看电影,多以连为单位,一百多号人谁也躲不开谁,偶尔有年龄大的娶对象了,也是举行集体婚礼……

后来复员被分到了工厂,还是住集体宿舍,吃集体食堂。那些回乡务农的战友跟我们也差不了多少,在人民公社的大家庭里过着集体化的生活,上工放工都听队长敲的钟……

快退休那会儿,还真有些担心,生怕回到家里,一个人孤零零地待着,没有旁人监督和帮助,自己再犯了错误。还是组织考虑得周到，摸透了我这种人的心思。退休的第二天，就有人来通知我到老干部处报到，并参加老同志志愿服务队，戴上通红的袖箍，去厂区巡逻，还经常到马路上维持交通秩序，到社区做义工。天天集中起来听广播、看电视、读报纸、学文件，累了就和一帮老太太跳扇子舞、扭秧歌、做健身操，一点儿都不孤单……

如今腿脚不方便了，不能发挥余热了，又让我搬进养老院，结识了许多新的朋友。大伙儿坐在一起虽没什么话可说，但你看着我，我看着你，目光也能交流。现在的年轻人常说些个人隐私、私人空间之类的新鲜词，不知他们到底要干什么……

前几天院长用开水浇散了凉亭石桌上那越聚越多的蚂蚁，我和几个老哥们只好挪到了一棵老杨树的树根底下，像回到幼儿园那时候一样，兴致勃勃地观察蚂蚁上树，挺有意思的。

只有一件事我觉得有点遗憾，从年轻时起我就想找个机会单独与我老婆说说悄悄话，可一直没能如愿。那些年我俩长期两地分居，不是你有活动就是我有活动，实在碰不到一起，连孩子都没要上。有时候想给她打个电话，可身边一直有人，找不着空隙。她死那天，我正参加社区组织的大合唱，没好意思请假，也就没说上话……其实她也理解，不会怪罪我的。我心里想好了，等哪天趁管理和看护人员不注意，我偷偷摸摸地溜出院子，在路边烧几张纸，把这辈子想说的话，痛痛快快地说给她听。

试验

有些人总想赶时髦，却老是落伍。在这方面，我可是个幸运儿，不管你信不信，反正几乎所有的新鲜事儿，我都摊上了。这倒不是说我愿意赶时髦，只是我的运气比别人好，总能赶上试验性开创性的好事儿。

刚生下来时，医院的大夫说婴儿在母腹的羊水里就有了游泳的基础，拿我做演示，把我扔进浴盆里，差一点呛死我。

三岁时，卫生部门要打一种传染病疫苗，要找一批孩子做试验，我荣列其中。一针下去，我的胳膊肿得比碗口粗，头发一根不留地掉光了，到现在还亮晃晃的。

上小学时，进入试验班，满堂灌一些据说是连博士都搞不大懂的知识。全班同学有一多半不到两个月就进了精神病院，这其中也有我一个。

读中学时，校长突然宣布让我们班使用试验教材。一学期下来参加全市联考，全班没一个达到及格线，于是我和其余的同学统统成了留级生，多念了一年。

正因为这多出的一年时间，使我们又赶上了不用考试就可以读大学的机会——全部到边远的乡下去，到广阔的天地读一本苦书，分数按手上的老茧的厚度来计算。

在农民老师别出心裁的教育下，我断了只手，那是在采石场里掌钎时被房东家二傻子用大炮锤生生砸烂的，当时我是作为头一个左右手各扶一钎的试验者被队长选中的。于是，我毕了业，回了城。

当工人到车间的第一天，厂子里试行超负荷工作法。我三天三夜没合眼，只用一只手便完成了常人半个月才能干完的活儿，我被誉为"独臂英雄"。厂长本想和我握手，以资鼓励。只可惜厂长伸出的手又缩了回去，我仅有的一只手正忙着抹眼泪呢！

由于上级重视，把我们厂作为"纯洁阶级队伍"的试点单位，说取得经验后在全国推广。我们兴奋极了，上下努力了三个月，有八成的工人被封上了各种罪名，全都离开了岗位。我比他们幸运，在这次试点中只打瘸了条腿。

再后来，我们又回到了厂里。没过多久，又开始做优化组合的试点改革，我首当其冲地成了优化掉的典型。工友们在大门口夹道欢送我，那场面可感人了。

我现在住进了医院，这也是试点医院，专门收留像我这样的久经考验的无依无靠的患者。大夫说我患上了他从医以来所见所闻所学到的所有疾病，他准备拿我做试验，用各种新发明的药物对我进行综合治疗，我爽快地同意了。因此，每天给我看病的大夫特别多，有来进修的医生，有参加实习的学生，还有成批成批的参观者。我受到了医学界的关注，享受到了无微不至的关怀和呵护。

我曾偷偷地问我的主治大夫，我到底得了什么病，能不能先告诉我几种病的名字，我很好奇。大夫有些不耐烦，他劝我不要着急，说等到尸体解剖时一切都清楚了。

我感谢医院的周到考虑，我请求他们再拿我做一次试验，如果能在我还清醒的时候就动手解剖，那效果一定会更好。

排队

三岁那年，我哭着喊着被送进了幼儿园。

没等我把眼泪鼻涕擦干净，就开始学着排队。先是用一根绳子牵着，二十多只小手紧紧地抓住绳子，蜈蚣一样地走来走去。再大一点就不用绳子穿串了，小个子站前头，大个子站后头，一个挽着一个。我个头小，站到了第一排。阿姨一喊向前看齐，我就双手叉在腰间，后面的小朋友平举双手与我保持一致，很快就站成了一条直线。这个姿势和队形一直持续到小学毕业。当然，不光走路要排队，早操和课间要排队，坐在教室里也要排队，还是按个子高矮，前矮后高地整齐排列。

中学毕业后便参了军，排队更是每天生活的主要内容。早晨哨声一响，我们就一骨碌从床上爬起来跳到地上，以最快的速度穿上衣服，边跑边系扣子，气喘吁吁地站到操场上集合、点名、齐步走、前后左右转。上厕所、进食堂、吃饭、洗澡、看电影都先要排好整齐的队伍。

复员到了工厂又得继续排队。分房子要排队、涨工资要排队，这用不着站着，而是等着，等得你心里没底，不知排到猴年马月才能轮着。那些年不论买什么东西都得排队，买米买油买鱼买肉要排很长很长的队，看不见头也望不到尾，好不容易排到你了，东西又卖完了，能把人活活气死。

有一阵子我甚至羡慕那些出身不好或被打成"地、富、反、坏、右"的黑分子们，他们常常被告知不准排队，尤其是购买紧缺商品时。因为，我时常排了几个钟头的队，等挤到柜台前，却被售货员冷冷地丢下一句：卖完了，明天早点来排队！当时我想，同车间的"于罗锅"又他妈的占便宜了，这小子的父亲当过国民党兵，背着"历史反革命"的黑锅，根本没资格购买春节特别供应的一斤猪肉。所以他就免去了排几天队的辛苦。

后来好了，至少买东西不用排队了。可我们那家工厂破产了，领取下岗补助金排队等了两年。想托领导给儿子安排份工作，去送礼又得排队，一生气去找上级有关部门提意见，还是要排队。送礼的人多，提意见的人更多，一般人根本就排不上。

人一老，身体就不灵了，不是这儿出了毛病就是那儿出了毛病，要去医院找大夫看看吧，还是没完没了地排队，挂号、检查、交费、取药一个个长队，看得你眼晕。大夫说，你能坚持把所有的队排完，那证明你的身体还不错，一时半会儿死不了。若你对排队没把握，千万别去大医院。

如今，我身患绝症，将不久于人世，正排队等着去另一个世界报到。我用尽生命的最后一丝气力，反复催促儿子早一点去火葬场排队，提早帮我选一个小小的存放骨灰盒的地方。不早打算不行啊，这年头的风气越来越坏，干什么都得托人走关系，加塞的人太多了。我原先的那位厂长就比我有福气，年龄虽比我小一岁，可人家十二年前就走了，那时火化用不着排这么长的队。

• 遗 忘 •

与一般的失忆症不同,他只是忘"我"。

凡是涉及个人的事情,他丝毫没有记忆。姓什么,忘了。何时出生,不知道。爱人是谁,记不清了。住在何处,亲戚朋友何许人也,他提供不出任何线索。

他告诉警察,1919年发生了五四运动,十月革命的一声炮响给中国送来了马克思主义。1921年7月1日中国共产党召开了第一次全国代表大会,与会的十二名代表,代表了全国的五十多名党员。第二年又召开了第二次党代会,还是十二名代表,当时全国有一百九十五名党员。代表有某某某、某某某,等等。他还能从第一次国共合作、北伐战争、八七会议、土地革命、反"围剿"斗争、红军长征讲到抗日战争、解放战争、开国大典、抗美援朝、"三反""五反"、高饶事件、反右斗争、"大跃进"、庐山会议、"文化大革命",等等。对于国际共运和国际局势,他也烂熟于心。警察找来专家大夫,共同破解此人身世,大家深感疑难,不得其解。但一致认为,如果不考虑穿戴特征,此人一定是一位资深政治家或著名学者,是患了重度偏执型失忆症的病人。

为了帮助他尽快找到失散的家人,警察给老人拍了照片后通过电视和报纸播发寻人启事。

现代媒体的有效作用体现于方方面面。老人的家属很快就赶到了派出所。老人面对亲人，依然是一脸茫然，他无法辨别他们其中的哪位跟他到底是什么关系，他称老伴和子女为"同志"或"战友"。

警察、大夫们好奇地向他的家人询问老人的身世。不像专家们事先认定的那样，老人既不是什么资深的政治家，也不是什么著名的专家学者，他只是一个普普通通的工程师。老人于十年前开始，就搞不清自己是谁，更记不住与己有关的任何私人事情。但历史上发生的政治、经济等方面的大事情，他能如数家珍般地滔滔不绝地讲得头头是道，准确无误。

据他的"战友"——老伴讲，老人其实并未亲身经历过他自己能详细描述的那些事件，他只是在一家工厂里和全国人民一样遭遇了"反右"和"文化大革命"等政治运动。由于他出身成分模糊——介于上中农和富农之间，因此在历次斗争中总要用积极的行动来澄清他家庭成分的含混，或者说是用自己的表现来帮助组织忘记他在家庭出身上的不体面。

"反右"和"文革"之中，进厂的工作组负责人常常把列宁的一句名言挂在嘴上，"忘记了过去，就意味着背叛"，这成了他的口头禅。

这位工作组组长，对于革命导师的教导有自己的独特理解，他认为革命和反革命或是否背叛了革命，其标准只有一个，那就是看他能否记住过去。于是，组长常把一些怀疑有问题的人叫来，向他们提出各种各样的有关革命的稀奇古怪的问题，能准确提供答案者，便可以获得暂时信任。反之，关押、审问、批斗之类的花样将随之而来。

老人满脑子都是这类知识，他在工作组屡次的"考试"中均获通过，那时他连做梦时说的梦话都是这些内容。

为了自我生存，他绞尽脑汁地背诵着那些与己无关的东西。直到今天他依然记忆犹新，一读到此类内容眼睛就放光，且过目不忘。

但，只要你问他，您贵姓，叫什么名字，住在哪里，您妻子是谁，等等，他的脑子里顿时一片空白。

成熟

老唐快八十了,但依然不成熟。

这听起来像一句笑话,却是老周代表组织对老唐严肃而认真的评价。老周比老唐小五岁,按理说不该有这种看法,可老周在支部会上就是这么说的。

老唐的儿子、女儿都退休了,孙子、外孙子也都大学毕业了。老唐还落了个"不成熟"的评价,这让唐老爷子心里很不服气。

老周虽然比老唐小五岁,但一直是老唐的领导、上司。离休前,老唐是"括号"副局级待遇,老周是副局长实职。

部里离退休的老同志有一百多位,都住在同一个宿舍大院里。而老唐和老周又住在同一个单元里。

按道理讲,人退出了职场,就不应该再严格地按上下级的关系相处了,老唐和老周应该是平等了,但事实并不如此。

离休后,老唐和老周仍生活在组织之内,他俩被编在了同一个党支部里,老周任支部书记。所以,老唐看见老周一如既往地称呼"您",而比老唐小五岁的老周却直呼老唐为"你",不用底下带个"心"。

老唐论军龄、工龄和党龄都比老周长两年,而老周的职务和待遇一直比老唐高。老唐过去在部里工作时是有名的活跃分子,也就是面孔总板不到位,官腔总打不到火候,架子总是端不规范的那种人,平时爱开个玩笑,尽管党龄、工龄长一些,学历也高一点,但职务一直上不去。所以,老周评价他"总是不成熟",也是有一定道理的。

老周也有一儿一女,但不大省心。儿子下海经商捅了娄子,涉嫌经济犯罪而被关了起来;女儿原先当大夫,后来辞职办了家娱乐公司。老唐私下里说,她也快到犯罪的边缘了。老唐的儿子和女儿先后去国外留学,现在一个移居加拿大,一个留居美国。

老周的老伴儿十年前就去世了。老唐曾张罗着为他介绍新老伴儿,被老周严词拒绝了。老周说,那像什么样子,不怕别人笑话?!

老周退下来后除了散散步,就是一个人闷在家里看看报,不大与人交往。

老唐闲不住,整天在外面跑,还参加了邻近社区的老年合唱团并跳起了老年迪斯科。老周为此还专门找老唐谈了话,没说别的,只说了句:"你怎么老也不成熟!"

两年前,老唐的老伴儿也离开了人世。他耐不住寂寞,一直在物色新的伴侣。

三个月前,老周患病住进了医院。老唐捧着鲜花,带着一个毛茸茸的电动狗熊玩具去看老周。他说:"我们这代老家伙从小就干了革命,没像现在这些小兔崽子那样痛痛快快地玩过。我给您买个玩具,您在病房里没事时好好玩吧。"老周苦笑着说:"你这个老家伙总也不成熟!"

临走时，老唐告诉老周："我最近要当新郎官了，女的才五十岁。等您出院了，我请您喝喜酒。"老周皱了皱眉头，叹了口气："嗨，真有你的！都多大岁数了，我可丢不起那人！"

没过两个月，老周便从医院转到了火葬场，老唐心里很难过，特意拎了包喜糖到老周的墓前去凭吊。唉，老唐也叹了口气，老周啊老周，您着哪门子急呢？您这一辈子成熟得太快啦！

· 探视 ·

我的导师赵先生有一个特别的爱好——喜欢探视病人。

有一次他过生日时,我们几个弟子门生为他摆了桌祝寿宴。他那天很兴奋,多喝了几盅,就把这个心底的秘密说了出来。

赵老师说,系里的同事或自己认识的熟人或同学生病住院时,他总愿意去看看,问候一番。我们很感动,内心里对他关心别人、珍惜友情的品德钦佩不已。

赵老师接着说,我去看病号,绝不是出于什么爱心,我是另有考虑。他又干了几盅白酒,兴致极高。

他说,世上的竞争说到底都是个人和个人的竞争。什么国家与国家、地区与地区、企业与企业、学校与学校间的竞争,那都不关我的事儿,都没有个人间的比拼有劲头儿。竞争一般都是在熟人之间展开的,比方说同学、同事、同僚等熟悉的人,甚至包括兄弟姐妹,最容易产生竞争。陌生的人,不认识的人,你不会跟他较劲。

他很得意地告诉我们,到目前来讲,他是个成功者。成功在哪里?主要是身体健康。

他说,他每次一听到周围的同事或昔日的同学、朋友因病住院,他就有一种莫名的兴奋感从心底迅速升腾。他要去医院里看望。

他说，在那一时刻，他觉得自己很满足。别人躺在病床上，或呻吟叫唤，或龇牙咧嘴，或抽搐挣扎，那种情景让他心花怒放。有时他会看到生病的同事、同学身上插满了各种稀奇古怪的管子，他会庆幸那幸亏不是自己。当痛苦发生在别人身上时，最容易忍受。

他连续给我们举了几个实例并加以说明：

"有位老师，为了评上教授竟然给领导和同行写检举信，说我的一部教材有剽窃、抄袭的行为。结果把我的职称拖了整整三年。后来他如愿以偿了，比我早两年评上了教授，风光了一阵子。结果怎么样，住进了医院，肝癌晚期！我是冒着大雨去病房探视他的，他痛苦不堪，连话都说不出来，我呢，谈笑风生。

"还有一位我过去的同班同学，留校任教后处处跟我争高下，把本来属于我的副主任的位子弄到手了。结果如何呢？心脏病！光搭桥就花了好几万。现在怎样呢？不仅副主任的位子丢了，还欠了一屁股债。我当时也去医院看过他，瘦得像条狗似的，真可怜呐！

"还有与我同一年留校的老钱，能争能抢。房子比我早分了一年半，瞧他当时得意的，恨不能满世界显摆。十年前，就得了脑血栓，走路得小步快跑，一刹不住闸就摔趴下了。现在跟我没法比喽，我一顿能吃一斤酱牛肉，喝半斤白酒。他呢，跟死人比就差一口气。我去医院看他的时候，那家伙，还挣扎着要坐起来，差一点背过气去。我在病房里当着他的面，给他表演了一百个俯卧撑,把那老头儿气得鼻子都歪了。"

我们听了导师的酒后高论,倍感他幸福美满、健康快乐,并对他的教诲铭记不忘。

不久前,他老人家因前列腺出了问题而动了手术,现仍住院治疗。我们这些做弟子的,本应绕床服侍、终日陪护,但考虑到导师对于探视病人的独特心态,我们推人及己,不敢贸然趋前,生怕让我们的恩师误解,所以至今未去探视,只能在心里为他默默祈祷,祝他老人家早日康复并能以探视者的身份一如既往地去看望他那些患病就医的同学、同事和朋友。

·莫提包·

莫教授的手提包至少陪伴了他半辈子,那里装着他一生的荣耀。

我第一次结识莫老师时,估摸他的年龄在六十岁左右,头上的黑发已经屈指可数了。他从提包里翻找好一阵子,才抽出了两张纸,那是他的个人简历,上面除了姓名、性别、民族、籍贯、本人成分和政治面貌之外,还清清楚楚地写着他的出生日期——1930年某月某日。那一年他正好五十周岁,与我估计的年龄略有出入。履历表上用红笔校注的另一个时间点格外引人注目——1945年8月14日——那是他参加革命工作的日子。每当给人出示这张表格时,他都要反复强调这个日子的极端重要性,而且越说越激动,嗓门越拔越高,直到对方点头称是为止。因为莫老师参加革命的第二天日本鬼子就投降了。曾有人调侃他:"您太厉害了!别人打了八年都没管用,您一参军就把日寇吓跑了,大大地厉害!"他得意地自谦道:"那倒不是。关键是涉及离休待遇问题,这可马虎不得。"

莫老师的手提包内容可丰富了,据我观察至少有二十多种他逢人便掏出来如数家珍般向人炫耀的宝贝。我看过无数次的珍品有:奖状两张、工作证一本、出席国庆游园会请柬两份、会议代表证三个、参加大合唱时与国家领导人的集体合影一卷

（照片有一米长，卷成筒状）、名人信件五封（他当年的战友和同学，后身居要职）、他参编的《人民公社万岁》一本、发表的文章四篇（代表作为《从红灯记的演出成功看毛泽东文艺思想的伟大胜利》），等等，前两年包里又塞进了两本砖头般沉重的精装大作——《中华名家辞典》和《世界名人大全》，书中各用二十多字系统地介绍了莫老师的丰功伟绩。

莫教授的后半辈子全靠这个"价值连城"的手提包支撑着了。我敢向天发誓，他对这个提包投入的感情和希望，远远超过了自己的老婆孩子。这个包如影随形地跟着他，寸步不离，相当于莫老师的化身。在他眼里，这个手提包就是功劳簿、荣誉证、介绍信和信用卡。在学校里，几乎所有的干部教师都不止一次地瞻仰过他包里珍藏的宝物，人们亲切地称他为"莫提包"而忘记了他原先的大名了。

这个看似普通的黑皮包，可给莫老师带来了丰厚的回报。

评职称时，他和手提包长驻师资处，终于荣升教授职务。

涨工资时，他和手提包移居工薪科，结果连涨两级。

分房子时，他又和手提包联手围堵房产办，最终比别人多得了一居室。

…………

离休后"莫提包"越发离不开手提包的支持。他看病、买药、坐车、洗澡、吃饭……处处随身携带着这只神奇的"百宝箱"，让它发挥最大的余热。闲着没事时，他就提着包在学校的办公楼里挨着房门串，不厌其烦地给年轻一代反复展示他包里装满的光荣传统和光辉业绩。有一次，他在女生宿舍门口被保安挡住了，他火冒三丈，冲着小伙子大吼大叫，不成想那年轻人有眼不识泰山，把莫教授视为生命的手提包扔出了七八米远，包里的宝贝撒了一地。莫老先生被气成了脑血栓，住了三个月的院，为此学校多花了九万多块钱的医药费。

我最后一次看到莫提包是在他出院之后的第三天。那天我拉肚子，一上午跑了好几趟厕所。就在我蹲着的时候，单间的门开了，我一抬头吓了一跳，莫教授手里拎着提包怔怔地望着我，不顾刺鼻的恶臭，执意从包里掏出张皱巴巴的信纸塞给了我。我虽然带了手纸，但他的一片热情感动了我，我只好派上了用场。这下可惹出了大麻烦，莫老头儿差一点倒在厕所里。他指着我的鼻子骂，还说让我吃不了兜着走！这可太恶毒了，我明明是在拉屎嘛！后来，他到领导那里告状，说我毁了他最珍贵的历史文物——那张纸是不久前他的一位学生写给他的祝寿信，上面充满了对他的赞美。他还扬言要把我送上法庭、关进监狱。可我的确不是故意的。

前些天，我从同事那里得知，莫老师又住院了，这一次恐怕很难挺过来了，是他晨练时不小心把包放在树根底下而被小偷盯上了。虽然警察接到报警后表示要尽力破案，想方设法追回那只具有不可估量价值的手提包，但毕竟不敢确保。

我真诚地为莫老先生祈祷，我深知那只提包的分量，那可是他的生命所系啊！我相信人民警察会全力以赴的，否则，莫老师这一辈子可就难说了。

一问三不知

我非常失望，在这次来之不易的出国访问中我几乎一无所获。我可以负责任地讲，造成这种不良后果的直接原因完全在于美方。这如同中美关系曾经出现的摩擦一样，从根本上讲都是他们引起的。

我这次访问美国的主要目的是考察美国大学的学生管理工作。在我所访问的几所大学里，他们负责学生事务的有关人员均出面做了接待。按照美国人的习惯，他们总是莫名其妙地要求来访者提出问题，然后再一一做出回答。可是，每当我就自己感兴趣的问题提问时，他们却常常表现得令人失望，多数情况下都是一脸的茫然，然后耸耸肩，很尴尬很无奈地说一声"No"，也就是不知道，尤其是对一些基本数字一无所知。

其实，我提出的问题都十分简单，没有为难他们的意思。比如说，我问："贵校每天有多少学生在校内食堂用餐，有多少在校园周边的餐馆吃饭？"

对方想了好半天摊摊手，说："No，我不知道。"

我问："那么，住在校外的学生每天到学校上课，坐公共汽车的有多少，坐地铁的有多少，骑自行车和步行的各有多少？"

他又一耸肩，说："No，不知道。"

我问："学校图书馆和各院系图书馆的藏书有多少？其中，英文、法文、德文、日文、韩文、中文以及阿拉伯文的有关统计方面的专业书籍各有多少？"

他还是很麻木地摇摇那个难看的秃头说了句："No，我没数过。"

我问："每学期期末考试作弊的学生占全校学生的比例有多大？他们一般采取哪种作弊方式？比如是事前将与考题相关的答案写到课桌上，还是夹带纸条进考场？如果是夹带纸条进考场，那么有多少人把纸条藏在袖口里，有多少女生会把纸条贴到大腿上然后用裙子遮住？"

他又是"No"！

我问："每年校园里要丢失多少辆自行车，其中教师和学生各有多少辆？有多少偷自行车的学生会被抓到，如何处理？另外，我还想了解一下，女生偷自行车的人数比男生多还是少？"

他依然说了句："No！"这算是复杂的问题吗？我自己心里说："不！凡是在国内做我们这行的，没有不清楚的。"

还有更简单的数字他们也同样一无所知，如：

"学校举办的大合唱节，一般要花多少钱？"

"学生自发组织的单项运动会，如拔河、长跑等体育活动，系里出钱支持吗？出多少？"

"学生帮老师搬一次家还用提供矿泉水给他们喝吗？"

……………

这么说吧，我去了好几所大学，反复提出了类似的上百个问题，这些问题都是我在工作中经常碰到的，但我的美国同行们都无法回答。我真搞不懂，难道这些数字还保密吗？如果不保密，他们为什么不告诉我呢？所以，我认为，有许多方面（我不是说全部），即便是一些美国大名鼎鼎的所谓一流大学，在管理方面均存在不可忽视的漏洞。而这些方面正是我们的优势所在。我的结论是，如果说我的访问一无所获的话，那是因为我的美国同行一无所知。

·认识自己·

人得念书，得上学，得接受教育。有一句名言说得好——"认识你自己"，这是初中班主任告诉我的。如果你不上学、不读书、不接受教育，就永远不会认识自己，一辈子都搞不清自己到底是什么。如今我已四十多岁了，女儿尚读初中，我一闲下来，眼前经常浮现出儿时上学的情景，耳畔不时回响着老师的厉声教诲。

"你这个榆木疙瘩脑袋，死也不开窍儿，得找把锤子砸开！"这是上小学时，我的数学老师用他那粗硬的食指关节使劲敲打我的脑门子时常说的一句话。这句话既增长了我的知识又增添了我的恐惧。此前，我一直错误地认为我的脑袋是肉长的，没读过书的乡下人都把那颗圆圆的东西叫"肉葫芦"。还是老师有文化有水平，他一眼就看穿了我脑袋的质地——榆木疙瘩。榆木就够硬了，榆木疙瘩更硬！所以他要用铁锤子替代他的手指头，他自己清楚，他的手指头再粗再硬也只能把我的脑门敲红敲肿，却敲不开，而要想把它砸开，把乘法口诀"灌"进去，只有借助于锤子了。非常遗憾，他始终没找到那把锤子，急得他又蹦又跳，大吼大叫，唾沫星子溅湿了我的脸和我面前摊开的作业本。

当然，被鉴定为榆木疙瘩脑袋的，不仅仅是我一个人。我们班四十名同学中,至少有五六个跟我长着同样的脑袋。还有几个同学的脑袋虽然不是木头做的,但其他部位或器官显然也令人置疑。因为老师称他们是"饭桶"、"草包"、"傻瓜"、"笨蛋",或者说"你的脸皮比鞋底子还厚",等等。

等上了初中,老师们的鉴别能力明显高于小学老师了。他们除了尊重并沿用部分小学老师对我们的称呼外,还增加了"木鸡"、"呆鸟"、"死鱼"之类的新昵称。更令我们钦佩的是,一些老师不仅帮我们进一步地认识了自己,还帮助我们了解了我们的父母,甚至是我们从未谋面的祖先。比如,物理课的胡瞪眼老师曾这样评价过我的同桌:"你傻,你爸妈更傻。你们家祖祖辈辈都是痴呆傻瞎聋哑!这叫遗传!没办法,谁也教不了你!你要是知趣,就立马拿着你的烂书包,给我滚得远远的,我这辈子最大的愿望就是再也不想看到你!"我这个同学倔得很,愣是没让胡老师实现他这一生的最大愿望,他现在是一名电气工程师,至今仍十分怀念英年早逝的初中物理老师。

中小学的某些老师除了指导我们认识了自己,还教给我们许多珍贵的人生道理。这些道理常以谚语、格言、俗话、歇后语等形式挂在他们的嘴边,在课堂上反复使用。

例如,"你撒泡尿照照,你还有个人样吗?"这种生活小窍门可能帮了不少爱美但没钱买镜子的女同学。

再如,"你们这帮不知天高地厚、饭香屁臭的混蛋,快去吃屎吧!"这大概是指苍蝇,它们总是在饭馆和厕所之间忙乎。

又如,"死猪不怕开水烫"啦,"不撞南墙不回头"啦,"老太太上鸡窝——奔(笨)蛋"啦,"说你傻你就淌鼻涕"

啦、"瞎子点灯白费蜡"啦、"黑瞎子掰苞米"啦，等等等等，启发我们对自身和未来有了更加深刻的认识。

如今我们这些接受过系统和良好基础教育的傻瓜、笨蛋、呆鸟、饭桶、草包、蠢货们，顶着个榆木脑袋步入了中年，仍然"烫死猪"、"撞南墙"，继续执著地做一些瞎子点灯、黑熊掰苞米的事情并取得了一定的成绩。说明我们的抗打击能力极强，这都得归功于我们当年接受的教育和那些独具慧眼、以挖苦讽刺我们为乐的老师们。

昨天晚上，我读初中的女儿回家哭鼻子。因为她的班主任老师当着全班同学的面，骂她"实木脑袋"。这使我想起了三十多年前自己的求学经历，心中顿时升起一股暖流，我兴高采烈地安慰女儿："实木脑袋值钱，纯天然的。爸爸的脑袋小时候被老师鉴定为榆木疙瘩，现在做了木材化学家。你的脑袋比老爸好，肯定是红木的，顶不济也能当个家具商。"女儿破涕为笑，笑得挺开心。

我更高兴，我至少确认了一个事实，女儿脑袋也是木质的，这比做DNA检测方便多了。她是我的亲生骨肉，这叫遗传，与我那个外号"草包"的同学加邻居没有任何关系。他目前担任外交官，从事翻译工作，他的儿子外号叫"小草包"，也是他的班主任馈封的。

• 呵斥 •

在我即将和这个世界说再见的时候,总想给后辈们留下点什么。

我一贫如洗,只剩下一座储量丰富的金矿,那是我一辈子梦中常看到的金灿灿的地带,醒来时便化为乌有。

作为年逾八旬的老人,人生经验是可传给后人的最贵重的财富了,我不想把它带到另一个世界,我要毫不保留地告诉各位。

我认为,在人类的所有教育方式中,"呵斥"是最普遍也是最有效的方式。直到今天,我才悟出了这个秘密和真谛。

"别动,扎手!"这是我降生不久后听到的发自妈妈口中的第一声呵斥。我那时仅仅是挥动着小手试图去够一根闪闪发亮的别针。

"站到墙边去,小心你的屁股!"上幼儿园的头一天,老师就大声警告我,还冲着我扮凶恶的鬼脸,因为我打翻了饭碗。

"不准你吃饭,看我不打断你的狗腿!"上小学时,我太喜欢我的班主任了,于是给她取了个爱称叫"大眼贼",没想到喊出来后老师不但不领情,反而错误地理解了我的本意,哭着向我的父母告状,父母几乎异口同声地向我吼了一句。还好,我从未养过狗,因此他们没有打断过我的狗腿。

"你这个混账,你的皮子又紧了!"这是在我中学时期父亲常对我传递的信息,声调往往是恶狠狠的。那时,我非常讨厌我的同桌——一位比其他女孩发育早一截的妖精。她总让我心神不宁,每当她的胳膊从桌子中线越过来碰到我时,特别是夏天,总让我有一种异样的感觉,于是我就准备了一根大头针,予以反击,且屡试不爽,"哎呀"一声,令我"痛"并快乐着。

"你就像个二流子,永远没出息!"刚走上社会时,不想当"劳模",一门心思扮酷。穿戴让父母看不惯,早晨不起晚上不睡的生活规律,也让他们愤愤不平。

"没有人惯你!"好不容易找到份工作,领班整天盯着你,上趟厕所他还计时。他常呵斥的内容还有:"你不想要工钱了?快干活去!懒鬼,呸!你小子,是不是想被收拾了……"

"我叫你嘴硬,你等着瞧吧!"结婚后不久,有时夜里回家,老婆总这么喊。后来几十年的主题语是:"呸,窝囊废!瞧你那德性!滚蛋,你给我滚蛋,我这辈子再也不想看到你!你是个王八蛋……"当然,她也有自我反省的时候,比如:"我算瞎了眼了,倒了八辈子的大霉,竟然嫁给了你!"

"你真是老糊涂了,越老越不正经,丢人现眼!"老伴死后六年,我觉得邻居夏老太太人挺好,一个人守了大半辈子寡,无儿无女怪孤独的,我想搬过去住,被儿子严词拒绝了。"呸,老不死的,光会吃闲饭,不会干人活!"儿媳在厨房里骂猫,声音很大。她是个好人,若不是她对我们家的那只老猫有意见,我至今也不会住进养老院里。

"你发什么呆,是不是又尿裤子啦?"幸亏这一嗓子,要不我还不知要写到什么时候了。

"快到墙根站着,让太阳晒晒,老××!"

我耳朵有些背了,不知道养老院的管理员喊我"老什么",大概是老祖宗吧。

你说我说得对吗?呵斥真是我们人类的光荣传统哎!

祖宗

听老武讲话那口气，一般人都得晕过去。

老武是谁？谁都搞不清楚。他说是谁就是谁。没有人敢查他的档案，据他本人讲，他的档案存放在国家档案馆的某个有着绝密编号的保险柜里。看管这个保险柜的警卫人员全是享受司局级待遇的现代武林高手，且人数不少于一个中队。

老武应有尽有。谈起钱来，简直就是手纸。如果是头一次见面，弄不好你会把他当成印钞局的局长或者是某个大商业银行的行长。

谈起权来，老武更是神通广大。你只要提出一个有名有姓的大人物，老武总是从左鼻孔里轻蔑地哼一声，这个大人物的背景你会从老武的嘴里了解得一清二楚。他不仅会背诵出各类各级官员们的工作经历、兴趣爱好，还能绘声绘色地模仿出他们的体态做派，口音腔调。当然，这些人似乎都与老武有着某种血缘或非血缘的亲密关系，比如，亲戚、朋友、父亲的部下或者儿女的干亲，等等。

老武无所不能。他要说香港是他收回来的，你还真不敢不信，或者打五折，至少认为他有一半的功劳。因为他可以不厌其烦地向你讲解整个收回过程，其中的每一个细节都交代得严丝合缝，让你确信不疑。他还会顺便讲出他的祖爷爷的祖爷爷当年与郑成功并肩战斗,硬是把荷兰人从台湾赶进了大海。

老武口才极佳,谈锋甚健。就算你以前说过评书,或者得过最佳辩手大奖,但只要老武一说话,你的那张嘴就只配挪作他用。在老武面前,你只能当哑巴,顶多混个结巴。

老武身材魁梧,相貌堂堂,自称是武松的后代。有兴致的时候,他会闪烁其词地向你讲述他的家史,于是你可以隐约地知道他们家族是随母姓的,武则天是他的祖祖祖姑妈,武大郎是收养的,不是武松的亲哥哥。北京的周口店,其实是他家开的店。

十多年前,在一个偶然的机会里我有幸攀识过老武。此后,我便无地自容,自视甚卑,生怕给老武脸上抹黑,赶紧逃之夭夭,隐姓埋名。

那一次与老武的幸会,真让我惊心动魄,因为我见到了老武曾向我炫耀过的他的祖先。那天是一个扬沙的天气,当我战战兢兢地跟着老武走进他豪华阔绰的客厅时,东面墙上的宝格架子正中的一个摆设物激起了我的好奇心。老武庄严地向那个"宝物"上了炷香,又深深地鞠了个躬,然后转过身来,向一脸惶然不知所措的我郑重宣布:这是我的祖宗!

我好不容易才定下神来,屏住呼吸,神色慌张地斜瞟了一眼老武的祖宗——用玻璃盒子罩住的一块造型丑陋、表面粗糙的土坷垃。老武神情凝重地告诉我,这是他的祖爷爷。当年为光大武家打虎雄风,一个人舍家撇业,满世界追打大虫。结果一去未归,家里人四处寻找,从冬找到春,在一个老林子里,有知情者提供了最后线索,他曾目睹过一个汉子被动物吃掉的惨景，因为离得远，不敢咬定那个畜生就是老虎。全家人号啕着奔向那位知情者指定的位置，试图召回打虎英雄的灵魂。最后他们小心翼翼地捧回一泡动物的粪便，确信那是英雄的遗骨，从此，便世代供奉家中，以彰荣耀。

老武的介绍让我对那堆倒胃口的"宝物"肃然起敬，同时莫名地萌发了狠狠揍一顿老武的冲动，只可惜我力不从心。在老武屋内的一位漂亮妖冶的女子（据老武的介绍，好像是他的太太）冲着我挤挤眼儿，又向那祖宗努努嘴儿，在我耳边小声嘀咕了一句：别听他瞎吹，那是一泡狗屎。

我再没去过他家，也没见过老武。前几天，我听一位朋友偶然提起，说老武不久前因涉嫌以征婚名义骗取多名单身女富豪的钱财被抓了进去。我才想起了他和他祖先的这段往事。

一只壁虎

收容站里跟煮饺子似的，到处都是人。

床位不够用，房间又狭小闷热，大伙儿干脆都拥到院子里，随便找个空隙坐着或躺下。为抢占稍显宽敞或舒适一点的地方，不时有人争吵对骂，甚至动起手来。站里的管理人员看不下去了，会很不客气地冲过来不分是非地踹几脚、打两拳或扇一个响亮的耳光，再扯着嗓子训斥威胁几句。争抢位子的双方便泄了气，小声嘟囔着缩到了一边。

据几位多次光顾过收容站的老资格们讲，平常站里的人并不多，有床可以躺着睡觉，一日三餐能吃饱。若被收容者不跟管理人员闹别扭的话，不会挨打受骂。一般住上几天后会被遣返回老家。他们多属进城流浪乞讨的乡下农民，也有混迹其中的上访者。每次遣返后不久，他们又会出现在城市的街道旁、天桥上和闹市区。这几位老资格们还说，明天一定有什么重大活动或大国总统来访，这叫重要时刻或敏感时期。凡遇到类似情况，他们就因为"影响市容"而被集中起来。等日子一过，"贵客"一走，就把他们统统放出来。收容站里免费提供吃喝，时间越长花费越多，民政救助部门预算有限，无力负担乞丐们的食宿费用，也想急着放人。而那些白吃白喝的流浪者同样不想占政府的便宜，他们更愿意自食其力地沿街乞讨，在自己填饱肚子之余，还能得到零星现金，积攒起来养活家人。同时，露宿街头也能图个自由。

围坐在院子东南墙角处的七八个人毫无睡意，高声大嗓地讨论起国际政治，就中美俄三国当下的外交地位问题发表各自的看法，其间还涉及日本、朝鲜和欧盟诸方。因意见不同，有两位发生了好几次口角，招致站里的看管人员的大声呵斥。

"主持"讨论的壮年男子，中等个头，国字脸，浑身上下像撒上了一层灰土，有兵马俑的相貌和神态。据一个自称是孔子第七十三代嫡孙的孔姓山东人介绍，那位"兵马俑"是秦始皇的后代，史书和家谱均有记载，绝对可靠。孔氏嫡孙发誓说，他看过文字说明材料，就在他随手拎着的那个破旧的黑色提包里。他的祖上统一过中国，真正的伟人之后。"你知道吗，秦始皇当年灭了六国，太牛×啦！"孔嫡孙说。

"是吗？哪六国？"我讨好地向他求教。

"嗯，魏国、赵国、韩国、英国、法国，还有一个就是小日本。"

"噢，这么厉害。"我竖起了大拇指，在他眼前晃了晃。

"这几个哥们儿都有背景，祖先全是名人伟人，用现在的话说，都是大官、大款、大腕，绝对的，不蒙你。坐在皇帝边上的那个瞎子，他的祖爷爷的祖爷爷的祖爷爷就是大名鼎鼎的诸葛亮，字孔明。挨着他的那个瘸子你猜是谁？说出来你可能不信，他是去西天取经的那个大和尚唐僧的根苗。你不信吧？和尚不结婚，不一定没后代。白天阿弥陀佛，晚上嘿咻嘿咻，人前装正经，背后谁知道干啥去了？你说对吧？"他冲我夸张地眨了眨眼，做出副天知地知你知我知心照不宣的神秘表情："就说我的亲祖宗孔老夫子吧，他不是也去找过那个叫南子的美女吗？圣人也是人嘛，你说对不对？"我茫然地附和着点点头。他又贴着我的耳朵说："你斜对面坐着的那个矮个子，长得跟侏儒似的，猜出是谁了吧，对，他就是武松的玄侄孙，武大郎的亲骨肉。西门庆冤死了，潘金莲生下的还是武大郎的种。可惜了，没遗传母亲的模样。靠皇帝右边斜躺着的那哥们儿，高祖是胡雪岩，当年谁敢和他夸富，红顶商界巨子，后代成了个要饭的。我不是笑话他，我还不如他呢！我平常不好意思报上名姓，只要我一说叫孔某某，人家总会跟一句，还是孔夫子的后人呢！其实孔老爷子不争气的子孙多啦，何止我一个。当然有出息的也不少，全世界到处都有孔子的孙子，不在乎我这一个……你看你看，朝咱们走过来的那个穿制服的管教干部，你猜他是谁的后代？他说他是大奸臣秦桧的后人，妈的，他竟然拿根棍子跟我们比划，这哪有王法道理可讲！哎，你的祖上是干什么的？"

　　我昏昏欲睡地半睁着眼睛，虚荣心促使我往高处攀登："免贵，我姓孟。""呦，那咱们俩算是亲戚了，孔孟一家嘛，要在过去咱可都是大知识分子啦……"

　　一只壁虎慌慌张张地从我们对面的墙上匆匆而过，我脑海里突然闪现出一个庞然大物——恐龙，据说那是壁虎的祖先。

　　第二天晌午，我和这群出身名门的乞丐们一起走出了收容站的大门。从进到出，没有人询问核实过我的真实身份和收容缘由。实际上我既不是上访者，也不是流浪汉。我是走在路上不小心绊了一跤,被巡逻人员当成了醉鬼而进来的。这是一次极特殊的小概率事件,却让我有了意外的收获,差一点加入了"名人之后俱乐部"。如今我每每碰见路边街角的乞讨者,总会想到那些逝去的伟人们,就像看见墙上的壁虎,脑海会浮现出恐龙的模样。

一封遗书

亲爱的老师、同学们：

在你们看到这封信时，我已经离开了这个世俗的世界。天堂里多了一位博士。

早在高中时代我就萌发了自杀的念头。只是觉得在一个讲求学历的社会里，没有拿到一张大学文凭就自杀显得太没面子啦！于是我咬紧牙关，终于考上了大学。我计划着在大学毕业典礼后便义无反顾地告别人生。

然而，现实是残酷的。四年以后，我突然发现，大学学历多如牛毛，一个小本科生简直没有资格去死。我只好继续苦读，放弃就业的机会又复习了两年，顺利地考上了硕士研究生。读本科期间，我的父母卖菜、卖粮、卖血为我提供了高昂的学费，而攻读硕士学位时，他们卖掉了唯一的栖身之地，三间破瓦房。

获得硕士学位后我没有跳楼，因为中国的教育事业突飞猛进，研究生学历也大打折扣了。我不得不再一次推迟自杀的时间，发誓一定要拿到博士学位，为自杀者争得一份尊重和尊严。现在我如愿以偿了，我可以无愧于两年前为我筹措生活费而"捐出"肾脏的父亲了。我可以自豪地说，我是一个有知识的高学历自杀者……

难啊,这年头连自杀都得有个博士学位。我的博士论文成绩优秀,我的博士帽已于昨天的学位授予仪式上戴上。我可以走了,走得体面踏实。

别忘了在我的骨灰盒或墓碑的名字后写上"博士"二字。

永别了。

某某某

×年×月×日

• 三笑 •

丁丑是个严肃的人,平常一脸正经,神色庄重,不苟言笑。

据丁丑讲,他这一辈子记忆中只笑过三回,而且每次都以笑开始,以哭告终。因此,在丁丑看来,笑不是个好东西,祸从笑生。他认为自己这一辈子就倒霉在这仅有的三次笑上了。

丁丑五六岁时,爸爸在一次吃饭时不小心让鱼刺卡住了嗓子。他爸爸先是往嘴里塞满了窝窝头,试图靠吞咽把那该死的刺儿带下去,他两眼瞪得溜圆,满脸憋得通红,吃了三个窝头还无济于事。接下来把手指头伸进嗓子眼儿里抠,结果把吃进去的所有食物统统吐了出来仍不见鱼刺的踪影。一个小小的鱼刺儿把这位膀大腰圆的中年汉子折腾得满地打滚,四处乱蹦,丁丑像看表演一样目不转睛地欣赏着爸爸的滑稽动作,忍不住哈哈大笑。他父亲痛苦至极,恼羞成怒抡着巴掌给了儿子一大耳光。那一瞬间,丁丑的耳朵聋了,爸爸的嗓子通了。

丁丑第二次开心大笑是中学时代。有一回,上课铃声响了,丁丑还在座位上大声喧哗,因为他有一只耳朵不好使,经常听不见有用的东西。老师从他侧面悄悄地走过来,用拳头在他的脑袋上狠狠地捶了两下,同学们哄堂大笑。丁丑羞得无地自容。就在老师得意地转过身走向讲台时,不知是哪位捣乱的同学把啃剩下的西瓜皮反扣在地上，老师正巧踩了上去，滑了个仰面朝天，后脑勺结结实实地砸在一位女同学的膝盖上。同学们吓呆了，只有丁丑一个人大笑不止。结果，老师的后脑勺上起了个大包，女生的膝盖粉碎性骨折，而丁丑被退了学。

丁丑后来花了很多钱才把耳聋的毛病治好。他还参了军，在部队当话务兵。

复员转业后他分配到了县政府的机关里工作。工作了十几年，凡是认识他的人都从未看见他笑过。丁丑因此得了个绰号，叫"丁老板"，就是老板着脸的意思。同事们想尽办法逗他乐，他却永远地皱着眉头。有一次，朋友拿丁丑打赌，把他按在地上不停地抓他的腋下，挠他的脚心，最后丁丑哭了，朋友输了。

丁丑的第三次大笑发生在两年前的一个追悼会上，他所在的那个局的局长因喝酒过量猝死，被定为因公殉职而举行了隆重的追悼会。那场面庄严肃穆。在哀乐停下来后，上级领导开始致悼词。悼词中回顾了局长光辉而短暂的一生，高度评价了局长生前的丰功伟绩和高风亮节，参加追悼活动的许多人都被感动了，会场内一片抽泣声。丁丑皱着眉头，神色凝重、聚精会神地逐字逐句听着悼词的内容。他突然觉得他好像参加错了追悼会，要么是死错了人，要么是领导念错了稿子。当领导用低沉的声音念到"我们今天悼念的是一个高尚的人、一个纯粹的人、一个脱离了低级趣味的人"时，他才恍然大悟，忙问身边的同事，今天到底死了几个人？怎么这么多人同时开一个追悼会？同事不解地看着他，嘴角向上动了动。

丁丑再也憋不住了，爆发出一阵惊天动地的笑声。他笑得直不起腰，捂着肚子蹲到了地上，死者的家属愤怒地冲过来对他拳脚相加，还是止不住他那遏制不住的笑声。不少参加葬礼的人被丁丑肆无忌惮的笑声感染了，终于跟着不自觉地"哈哈"、"嘿嘿"起来。

后来丁丑被分流了。他现在开了一家小水果店，仍是一副不苟言笑的严肃面孔。人们劝他随和一点，和气才能生财。丁丑正色道："那不行，祸从笑中来。"

潜台词

潜台词属于暗示行为之一种，比使眼色还隐蔽，相对于黑夜中的眉目传情，它更像是美女戴着面纱，又半抱琵琶，若隐若现，忽明忽暗，需要听者和观者用心揣摩。

潜台词

潜台词是一种表达艺术，在某些特定场合和特定人群中普遍流行。它指的是不明说的言外之意。俗话讲"敲锣听声，说话听音"，就是让你去用心体会弦外之声，话外之音。

我的朋友老鬼对潜台词很有研究，他深知其中的奥妙，并能学以致用，触类旁通。在领会领导意图方面，他尤其技高一筹，因此深得上司信任和欣赏。

潜台词属于暗示行为之一种，比使眼色还隐蔽，相对于黑夜中的眉目传情，它更像是美女戴着面纱，又半抱琵琶，若隐若现，忽明忽暗，需要听者和观者用心揣摩。老鬼深谙此道，烂熟于心。当然，过度关注上司的"话外音"也可能导致"会错意"的严重后果，这就属于"言者无意，听者有心"了，搞不好则是"弄巧成拙"。

老鬼有一次约我喝酒，专门给我上了堂"潜台词"课，其中他讲了个他最得意的精彩案例，让我印象深刻。老鬼是个生意人，常要与企业主管部门的领导打交道，他练就了一双善解人意的火眼金睛。

有一次，他请某位主管处长吃饭，企图借机办点小事。领导对他所托之事未做正面表态，临别时有意无意地夸了句老鬼："你这条领带挺漂亮。"

老鬼心领神会，第二天一上班就给处长送去了一条高级领带。领导笑纳了，老鬼挺得意。

没过两天，老鬼开始后悔了。他责骂自己怎么这么笨呢，领导穿的是圆领衫，那领带直接系在脖子上啊？于是，又赶紧买了两件名牌衬衫去了处长的办公室。领导说了句谢谢，但没提他托办的那件事儿。

老鬼回来后又抽了自己两个嘴巴，心里把自己定性为蠢驴。他觉得自己太不会办事了，怎么能只送两件衬衣呢？简直是昏了头了，太不成熟了。

接下来老鬼又送去了一套高档西装和一双进口皮鞋，连换洗的袜子也准备了一打。处长那天给他让了座，为他倒了杯茶水笑着说，"这种衣服我平时也没机会穿！"并向他表示那件事正在研究之中。

老鬼的心里踏实了许多，走出大楼门口时，他还不由自主地哼了几句流行歌曲，那是他跟儿子学的，叫"嘻唰唰，嘻唰唰"。

又过去了一个多月，老鬼还没得到准信儿。他妈的，他心里又犯嘀咕了。难道领导的潜台词还有别的意思？哎呀，他猛然一拍脑袋，差一点晕死过去。"这种衣服我平时也没机会穿"，这不是说到家了吗？真是榆木脑袋！

老鬼以最快的速度组了个由三人组成的企业家考察团，亲自陪同处长一道出行欧洲各国。与处长朝夕相处了半个月，开阔了眼界，加深了了解，增进了感情，原先说的那点破事儿根本不值一提。处长坐在回国的航班上拍着胸脯说，以后你老鬼有什么难事尽管找我。他还深有感慨地说，欧洲之行收获不少，回去后要鼓励儿子争取到德国留学。

老鬼这回算是听明白了，当即表示，孩子留学的事情就包在他身上了。

所以，最近老鬼很忙很得意，他告诉我他又拿到了一个大项目，同时忙着替领导的孩子办理留学手续呢！他说等他忙过了这阵子，再找个机会请我喝酒，他还想深入细致地给我单独做一个系列讲座，继续探讨"潜台词"的绝妙之处。

·情况会发生变化·

情况会发生变化。

没有表情,没有特定指谓。

暧昧、模糊、弥漫。

若光线昏暗,声音低沉,这话就显得格外阴冷,起一层鸡皮疙瘩,或打个寒战。

然而不是。

那天阳光明亮,能轻而易举地穿过门缝,像闪动的剑锋。

声音并不低沉,平静犹若一潭死水。

还是暧昧。那句话仍让人心神不宁。

他没再多说一句,未做进一步的解释,目光在我们的脸上扫了一遍,眼皮放下了一半,像垂到半截的窗帘。

一声不吭地坐了很久,其实仅有十几秒钟但感觉很长。

他站起身子走了。

其他人仍呆坐着。

都感觉那种话的分量很重,沉得让人喘息困难。

变好还是变坏?有人打破僵局,口干舌燥地小声嘀咕道。

没有人回答。

静静地坐着,紧张地心跳。

未来有了悬念,黑色的巨大问号,佝偻着背在每个人的眼前鬼鬼祟祟地晃动。

会好转的。有人脸上浮过一丝轻松的笑意。

肯定很严重。有人苍白的额头挂上了汗珠。

情况会发生变化。没有清楚明确的答案,这很恐怖。

脆弱的神经在惊悸中绷紧、断裂,发出微微的呻吟、叹息。

粗糙的心灵则涌起滚烫的乐观情绪,深信一觉醒来便是喜气洋洋的新景象。

洗洗睡吧。有人提议并动了起来。

最明晰简捷的建议,没有任何歧义。

于是人们纷纷从沉寂中醒来,准备先洗个澡,然后闭上眼睛,美美地睡上一觉。

情况会发生变化的预言,在洗洗睡吧的行动方案生效时,便失去了昭示意义。

讲话

王达现在成了大人物了，在新一届政府中担任部长。

不少人背后议论他，对他颇有微词。说他年纪轻轻的，就擅长投机钻营，专会溜须拍马，好搞"面子工程"，喜欢拉拉扯扯、编织关系网，等等。其实，在我看来，这些议论纯属道听途说，胡说八道。

虽然我至今仍是个平头百姓，从未接触过大官儿，但对于王达我还是有发言权的，因为我了解他。

我和王达从小就在一起，一块儿读小学、中学、大学，毕业后我们还曾一起共过事，同在一家工厂里当过技术员。王达是个什么人，我心里最有数儿。

王达天生就是个大人物，我就这么认为。或者说，他生来不仅能做官儿，而且能当上大官儿，这一点一般人都比不了。

王达说话、做事很大气，从小就这样。特别是说起话来，那口气大得很。

小学时，有一回我们一起去菜市场做好事儿，帮助阿姨们打扫卫生。干完了活，阿姨给我们每人分了个苹果，我们都傻乎乎地吃了。王达却把苹果交给了老师，还说，我们少先队员要大公无私。

读初中时，有一次作文课老师让我们以"我的母亲"为题写一篇作文。王达把交上去的作文念了一遍,他的题目是《我的母亲——祖国》。除了他没有一个同学想到了祖国。

从大学开始,王达的讲话水平就远远地把我们甩到了后面。不管大事还是小事,就连平时聊天,只要轮到他发言,他总是说"我讲三点",那口气绝对是领导。

别的不用说了,就从说话这一点上看,王达打小儿就不是"说"话而是"讲"话。

毕业后有一次大学同学聚会,王达也来了。他一般是不大参与这类介于合法与非法之间的民间活动的。那一次,有几个同学喝高了,开始满嘴跑舌头,对于官员腐败之类的敏感问题大加评论,情绪很激动。王达坐在那里,一言不发。他从未喝醉过,也从不轻易表态,这我们大家都习惯了。那天,有人非想让他开口,他躲不过去,只说了一句:"看问题要看主流。"你听听,他说得多好。

到今天我才深刻地认识到:大人物是天生的。想做大官,必须大气。特别是说话时,一定要用大词儿,说大话儿,而且口气要真诚。

说大话,不是让你吹牛皮。大人物考虑的是大事情,大事情要用大概念,只有小人物才说一些油盐酱醋鸡毛蒜皮的小事儿,对,就像我这种人。

• 佩服 •

我打心眼儿里佩服庄领导。多年以来，我一直想找个机会当面赞美一番，以表达我对他由衷的崇敬之情。但这个机会太难找了，比买足球彩票中奖的概率还低。他是司局级的大官员，我认识他，他不见得认识我。像我这种基层低级干部，只能在会场上离主席台一百多米的后排伸着脖子一睹他眉目模糊的神秘风采。据有幸坐在会场前排的职级比我高一些的干部们说，庄领导讲话绝对有水平，像浇花的喷壶一样"润物细无声"，每当他慷慨激昂时，总是唾沫四溅。还有人告诉我，若从近距离观察，你会发现讲话中的庄领导的两个嘴角能"卷起千堆雪"——其实，这肯定是个别下属的奉承，只不过是堆起两堆而已。

庄领导令我钦佩景仰的地方正是他的讲话水平。像我这样一个天生少言寡语的小干部，每到必须讲几句的场合，若没有事先准备的稿子，简直无法张嘴，只会三言两语地草草收场。即使拿着稿子，也是结结巴巴地挑几段重点念念，绝不会照本宣科地长篇大论一番。我觉得自己很自卑，生怕讲长了别人不爱听。然而庄领导给我等树立了光辉的榜样，也为我打消了长期困扰自己的自卑心理。他的秘书曾跟我说过庄领导确立自信心的秘诀：你不要把听众当人看，你把台下黑压压的人头当成萝卜白菜。如果你非要把他们当人看的话，那也是一群啥也不懂的傻瓜。那样，你就会放开讲了，你要坚信，不管你讲什么，都是他们最需要、最喜欢听的。

我不知道庄领导私下里是否这么说过，但从他在公开场合的讲话当中，我似乎悟到了这一点。

庄领导一坐上主席台便显得异常兴奋，目光充满激情。他一开口总是说，今天参加这个会议非常高兴。接着便很谦虚低调地向大家表示道歉，因为前一个会议刚刚结束，所以来晚了，让各位久等了。然后又说，下一个会议安排在几点几点，因此只能简单地讲几句，讲完还得赶到下一个会场，等等，请大家原谅！在掌声激烈地响过之后，他便从容不迫地"简单讲几句"，这几句其实很不简单，没有三两个小时是绝对讲不完的。熟悉庄领导的干部，背地里常说：天不怕，地不怕，就怕老庄来讲话。他们十分有经验地在公文包里装点饼干、面包、巧克力等零食，以防领导兴之所至讲忘了时间，好随时垫垫肚子，免得出现头晕、恶心、低血糖、虚脱等不良反应。

有人显然是头一次听庄领导作报告，因此显得焦躁不安，不时地皱眉头、晃脑袋、看手表。我记得有一次我邻座的一位资深基层干部就不时地看手表，另一位坐在他前排的同事说，庄领导讲话你不能看手表，得看日历！我深有同感。庄领导能将简单的事情讲得复杂漫长，这的确是一绝，不管多长时间，他都不够用。从一件芝麻大的小事情他能总结提炼出高不可攀的大道理，而且他怕讲话水分大，讲话时从不喝水。

若庄领导照稿子讲话，大伙儿心情就会放松许多。稿子再长,也有念完的时候,总有个盼头儿,不像信口开河那样滔滔不绝、无边无际、遥遥无期。当然,有时也会出现一些小小的意外。比方说,前不久的一次会上,我就亲眼看见从主席台上走下来的庄领导当众批评他的秘书:"你是怎么搞的,把稿子写得这么长。我不是告诉过你吗?我只讲一小时,可是你让我念了整整三个钟头。"秘书满脸通红,那种羞臊的表情让我都替他难受。他小声辩解说:"对不起,领导,我忘了把另外两份准备存档的复印件抽出来了。"一份讲话稿,反复读了三遍,一般领导是绝对觉察不出来的,这我相信。问题是,一千多位听众,包括我这种一贯聚精会神洗耳恭听的人在内竟然也没有任何疑问,这可太令人难以置信了。我知道,有些同志总是缺觉,工作一忙睡眠肯定不足,因此他们常常在领导口若悬河之际偷偷地打打瞌睡。但开会时头脑清醒、眼睛圆睁的人还是不在少数,怎么会听不出领导把稿子一口气读了三遍呢?结论只有一个,那就是这个稿子写得太好了,别说仅仅读了三遍,就是反复念上三十遍,大家还是喜欢听,百听不厌。

这就是我作为一名基层干部佩服上级领导的真正原因。

• 述职 •

　　同志们，不是我自夸，今年我们的成绩大得很哩！好事多、喜事多、大事多，为百姓办的实事多。总结起来，光是好事三天三夜也说不完。县广播台要评选十大新闻，我说，这个创意是好的，应该肯定，但我们仍然要保持低调子，不要头脑发热，别让胜利冲昏了脑瓜子。我个人的意见，对有些成绩暂不搞大张旗鼓的宣传，这样会更好一些，有利于打造我们领导班子谦虚谨慎、不骄不躁的良好形象。

　　今天是我们领导班子的民主生活会，我只结合自己的思想和工作实际，向各位班子成员简要汇报一下主要工作，再谈点体会，也算是述职了。

　　今年的头等好事，就是我们终于把贫困县的帽子戴上了，而且戴的是"国贫县"的帽子。这可是件可喜可贺可称可颂的天大事情，来之不易啊！我们为了办成这件事，费了多少心，使了多少劲，花了多少钱，跑了多少路，送了多少礼。想一想，我有时都为自己感动，真想拍拍自个儿的肩膀，牛啊，真牛，几届领导班子的梦想终于实现了。"破帽子"？谁在那儿胡咧咧，你那是他妈的眼窝浅，这是顶"金帽子"，懂吗？……

　　要说第二件大事，那该算是环保达标了。我作为班子的"一把手"，不是邀功请赏，这件事能搞定，主要是我谋划得好。当然,主管这项工作的胡县长配合得也好。检查组驻县的那半个月,老胡光喝酒这一项就值得我们好好向他学习。眼珠子都快往外喷血了,还坚持喝,顿顿都超额。有句话怎么说的,"能喝半斤喝八两,这种干部能培养",老胡何止八两,我看他每顿喝一斤八两,那家伙,检查组没一个不佩服的……

第三件事嘛,当然是治安好转了。你又嘀咕什么?我怎么不知道,发案率增高了,可是损失减少了。啊,不信你问问公安局郎局长,我是不是说瞎话。去年抢银行,抢去多少钱?今年虽然被抢的银行、储蓄点多了几个,但损失比去年少了,这就是成绩。什么,你说什么?没钱可抢了?你这叫什么话,你要是不想干了,就痛痛快快打个请辞报告,谁也不会拦你……

第四件事情,骗税成功了。这项成就主要归功于齐县长,这家伙脑袋瓜灵,鬼点子多,胆子又大。那一次,哈哈哈……真是笑死我了。等会儿让他说说吧,我一想起那天晚上老齐说的精彩段子,我就禁不住想笑……

第五件成就……我想想,教育?你呀!老范,我的范大县长,我就知道你又会提中小学危房改造,教育是百年大计,我什么时候不放在心上?那可是"百年大计"。"百年"你懂不懂?那不是一天两天、一年两年就能解决的事情。你急我不急吗,凡事都得有个轻重缓急……什么?百年之后才能解决?谁百年之后,你这不是咒我死吗?老范,你要是这么说,可别怪我不给你面子啦,你是干什么吃的?你分管的工作没抓好倒怪到我头上来了,这叫什么逻辑?什么,教师工资发不了?大家听听,我们的工资也是不能按月足额发放的,拖欠点工资怕什么，光是我们这样吗？动不动就教育教育的，我看，你要干不了也别干了……

好了，好了，本来我还想再说几条，给大家鼓鼓劲儿，打打气儿。扫兴！有个别人总是带着墨镜看事物，只见阴影不见阳光，光挑毛病不看健康，这种风气滋长下去可不得了。搞得上下悲观，士气不振，人心涣散。我不是上纲上线，我是怀疑这种人到底居心何在……话说回来了，正因为有这样一种情绪和认识，我看也好，能产生警示作用，树立忧患意识。我看这样吧，我们不能只谈成绩，也要找出不足，找出差距，把工作做得更好。明年的工作我只提个思路供各位讨论，以便统一思想，尽早做出安排：一是要牢牢抓住"国贫县"的帽子，明年绝不能把这项费尽九牛二虎之力抢到手的帽子搞丢了；二是继续抓好环境保护工作，光靠喝酒不行，要有新思路，要把工作做在前头，争取主动，想方设法不让检查组进来，而且小煤窑、小化工厂、小爆竹厂一个也不能停产；三是进一步抓严打工作，看守所、拘留所要扩建，经费要从犯罪嫌疑人身上出，做到以犯养警；四是拖欠的教师工资要靠学生……老范，老范，范副县长，你怎么走了，正说你的事呢……

・仙人掌・

作家李洱兴致勃勃地给我讲了个小故事，并竭力建议我就此写一篇小小说。他一口咬定这个故事绝对真实，是一位刚从南方出差回来的朋友讲给他听的。"你写，我不写。我正写长篇呢，干不了这零碎的小活儿。"李洱很大方，坚持把故事转赠于我，"你请我吃顿饭就行了！"饭后我答应送他一瓶酱香型上等白酒，故事就归我了。

某市一位领导，不喜欢钱财女色，几乎一无所好，就连名家字画也瞧不上眼儿。这让许多试图以某种潜规则投其所好而获利受益的人十分困惑和恼火。为揽工程、调工作、买地皮、升职务等等事情而向他送钱送礼时，均遭拒绝。

一个没有任何爱好的领导太可怕了！那些在他面前被拒斥的老板或下属们异口同声地慨叹着。

"不会吧，只要是人总会有弱点的，我是说每个人都有某种兴趣，只是我们不了解而已。"有一聪明人狡黠地眨着眼睛提醒一起喝酒的同桌朋友。

"喊，我啥都试过了，不好使。他油盐不进，滴水不沾。"东北人大大咧咧地表示无可奈何。

"有些人的爱好比较怪异，我有个老乡当了不小的官儿，却喜欢收藏鞋垫。家里专门腾出两间屋子存放各种各样大大小小的鞋垫，制作材料都很精致，有虎皮的、象牙的、水晶的……五花八门。

"我认识一位局长，管规划的。他后来犯了事，纪委从他家里搜出了上百个形状各异的烟灰缸，都是纯金打造的。他非常委屈地解释说：'这怎么能怪我呢？人家送个烟灰缸，我根本就没在意，怎么好意思拒绝呢？谁知道那玩意儿是金子做的？'"

…………

"我听说咱们领导特喜欢养花。"那位聪明人又开始眨巴眼睛。

"养花？养什么花？君子兰早过时啦！我们捧束花送去就能办成事？别瞎扯了。要那样，我送他一火车外加一个大花房。"东北人嗓门很大。

"你小声点。他喜欢仙人掌，很不上档次。"

"仙人掌？就是那种奇形怪状浑身是刺，一碰就扎手的玩意儿？"

"对，就是那种。你不信是吧？"

"上坟烧报纸——你糊弄鬼呢？谁信呢！送那破烂东西还不如大白菜值钱呢！"

"我不蒙你。不信你问问他的司机、秘书，绝对的。他对仙人掌可着迷啦！"

"我想起来了，还真是有这回事儿！"另一位一拍大腿，差一点碰翻了酒杯，"上个月我去给他拜年，他一个劲地跟我讲仙人掌的事儿，说他就喜欢一种产于墨西哥的仙人掌，具体产地好像叫什么瓜瓜瓜……一长串的古怪名字。"

"你呱、呱、呱啥呀，想变鸭子是吧？那地方叫瓜达拉哈拉，是墨西哥第二大城市，我去过，还喝过龙舌兰酒呢！"

"对、对、对，就是那儿。瓜达拉哈拉的仙人掌。他说那个品种很少见，形状、颜色、姿态都很奇特。他还说，他过去养过一盆，后来因老婆浇水过多，给淹死了。让他心疼了好一阵子。对了，我记得领导还就仙人掌发表了一番高论，说中国文人偏好梅、兰、竹、菊，咱当公务员的，没那雅兴和品位，养几盆仙人掌就挺好的，用不着老想着浇水、施肥、修剪，好侍弄。再说，仙人掌一身是刺，一看它，就使我联想起群众的批评，有一种警示作用……"

领导酷爱仙人掌的秘密不胫而走，引发了一股争购仙人掌的暗流。经反复核实确认，领导痴迷的那种仙人掌只在一家名叫"花袭人"的小花店里有卖。于是，凡想接近讨好领导的商人官员们开始频繁地光顾那家门面小得可怜的花店。花店的女老板对于求购者总是抱着无限的歉意，满脸堆笑，口干舌燥地说，不好意思，那种仙人掌太稀缺珍贵了，小店仅有的一盆刚刚售出，若诚心想买只能排队预订。店里通过某种特殊渠道，从墨西哥走私偷运过来。

为了能及早买上这盆神奇的仙人掌，人们急切地巴结女老板，请她吃饭、送礼，她一一婉拒，笑着说她只卖花，不卖人。由于每天最多卖出一盆，价格自然贵得雷人，若想插队加塞提前获得，当然需要加价，出价高者将优先得到。

故事结局是这样：这盆比金子还贵重的仙人掌，每天早晨会准时在花店里露上一面，然后就被重金聘走了，到晚上它便出现在那位领导的家中。它有时会在那里过夜，有时在领导欣赏一眼后便连夜送回花店。这颗东倒西歪灰头土脸一身毛刺的丑陋植物，日复一日地在领导客厅与花店之间往来奔波，逐渐变得蔫头耷脑，干瘪枯皱，但只要领导喜欢，它就能受人追捧，身价倍增。

据知情人说，那花店的女老板是领导的小姨子，也有人说是他的情人，更有人说那是一回事儿。

·输与赢·

一

直到执行死刑的头一天晚上,他仍坚持锻炼身体。此前的三个月里,他每天要做一百个俯卧撑、一百个仰卧起坐和一百个原地蹲起。这运动绝对不是监狱的常规体罚,是他完全自主精心安排的锻炼计划。在此期间,一审判处其死刑,二审和终审先后驳回其上诉请求,维持一审判决。

"是想越狱吗?别指望啦!"狱警冷冷地瞅着满头大汗、气喘吁吁的他说,"瞎折腾啥,身体再棒也免不了一死,算了吧,老老实实地躺一会儿,想想后事吧!"

他只顾低头弯腰用一块巴掌大的烂毛巾仔细地擦脸上的汗,并未理会看守的嘲讽和建议。擦到脚脖子处,他往前挪了两小步,脚链子哗哗啦啦地响了几声,在深夜的死囚牢,铁链在水泥上的轻微滑动极其刺耳钻心。

他面无表情,一如平常的冷静。

最后的晚餐送到了,如传说中的丰盛。两个鸡蛋,一盘红烧肉,还有两只虾和鲶鱼豆腐加上一碗西红柿汤。主食是米饭,没有酒。他从不喝酒。

周围站着四个警察，神色悠闲地观看他完成这人世间最后一顿晚餐。

他的目光完全集中在眼前的碗盘上，他吃了两块红烧肉中瘦的半块，又吃了两只虾和大半盘子的豆腐鲶鱼，又掰开了一只鸡蛋，把蛋黄抠了出来，只吃了蛋白部分。

他缓缓地抬起头，似笑非笑地向周边的警察解释说，蛋黄的胆固醇太高，对身体不好！

那几位警察也似笑非笑相互对视了一下，不约而同地摇着头。

死刑在一个半小时后如期执行——实施注射。据说痛苦很小。

二

他是在接受表彰的那天晚上被纪检监察部门带走的。

不是抓捕，整个过程欢快轻松。他从饭店正门满面红光地走出，秘书一如既往地紧随其后。大门的两侧花枝招展的女服务员站立整齐，他从她们中间走过，目不斜视。她们目送着这位尊贵的客人，并鞠躬致意，异口同声地喊出："欢迎再来！"

门厅外，一辆黑色奥迪的前后车门均已打开。

"请上车吧，我们是纪委的。"声音不高，却很清晰。他愣了一下。

"我是反贪局的。"另一位中年男子补充道。

"噢。"他仅仅"噢"了一声，像是事先早就知道了一样，就坐进了汽车。秘书被请进了后一辆车,他下意识地往后扫了一眼。

没上手铐,也没上任何其他手段。

他显得十分镇定。连"你们要带我去哪儿"、"找我有什么事情"或"凭什么抓我"之类的问题都没提。更没有说什么"你们搞错了吧"、"你们知道我是谁吗"或者"你们胆大包天,竟敢如此对我,你们走着瞧吧,我让你们吃不了兜着走"一类的狠话。

他没话,若无其事地坐在后排中间,两边各坐一位身材魁梧的年轻人,司机身旁坐着那位自称是反贪局的中年人。

他能听到自己心脏剧烈的跳动声,并伴随着晕车的感觉,有呕吐的可能。他用右手使劲地掐了掐左手的虎口,又用左手掐了掐右手的虎口。很疼,没有吐出来。这个办法好使,心跳也逐渐趋缓。他反反复复地左右手轮换着掐捏。那两位年轻人并不在意。

汽车跑了一个小时左右便停到了一个庭院式的宾馆楼下。楼不高,仅有六层。他抬头数了数,又回头看了看,秘书坐的那辆车没有来。从楼内走出了四个人,把他带进了电梯里,按了"6"。没人说话,从汽车上下来,到走进电梯,再到"614"房间,没人吭一声。

房间门打开了,是个标准客房,两张单人床并排而列。窗口的两角,站立着两位小伙子,两眼盯着他。

没人说话。门又关上了。他自己只能坐在床上,把外衣脱了,放在床边。

房间里没有电视，也没有水壶茶具，他把衣服拿起来，伸手摸摸口袋，烟没了，打火机和手机都不在，刚才上车后这些东西都被收走了。他侧过头看了看窗边站着的两个小伙子，他们背对窗户，正目不斜视地注视着门口，一脸严肃。他站了起来。

"坐下！"两个年轻人同声吼道。

"我想去洗手间。"他声音和缓地说。

"坐下！"又一声冰冷的呵斥。

他坐下了，耷拉着脑袋。

一个小时过去了，他咬着牙说："我实在憋不住了。"

三个人同时挤进了狭窄的卫生间。

哗哗声急促而起。他舒服了一些，环顾了一下卫生间，除了一面镜子，牙膏、牙刷、香皂等洗漱用品一概没有。

他又坐回了床上。

"几点了？"他问。没人回答。

房间里静极了。他只能听到自己的心跳。

"我想去洗手间。"他坐在那里来回扭动着身子。

"不是刚去过吗？"左边的年轻人皱着眉头厉声问道。

"想大便！"他小声说道。

两位小伙子用目光彼此征询着意见，然后说："去吧，老实点。"

厕所的门敞着，他蹲坐于马桶上，两手捂着脸，两位工作人员紧靠着门框站在两侧。

刚提上裤子，外面又进来两位中年人，年龄与他相仿。

"知道为什么把你带到这里来吗?"一位拉了把椅子坐下。他站着。

"知道。这叫双规吧?"他答。

"知道就好,说说吧!"另一位也拉了把椅子坐下。

"说什么?"他问,又像是自言自语。

"装糊涂!明知故问!说不说,说什么,怎么说,你自己照量着办。"

"让我想想。"他嘟哝着。

"没想好是吧?那你就好好想想吧!想好了再说,我们有的是时间。"头发有些花白的那位,边说边站了起来。另一位也随着起身,背着手跟着出了房间。

三

他也就说了,几乎没有任何隐瞒。

他的交代令上级很头疼,已经无法挽救了,只能移交司法部门。

"这个玩笑开得太大了,竟让他送了命!"主要领导对另一位副职说。

"嗨,谁说不是呢,这责任在我。那天咱俩仅仅是酒后打个小赌,我不该把'双规'当儿戏!"副职愧疚地叹口气。

"这也不能完全怪你,谁能想到层层严格把关评选出来的十大廉洁自律的领导干部会如此经不起考验呢?嗨!"领导也叹着气。

"别太自责了。这只是个偶然,是小概率事件。绝大多数是好的和比较好的。他仅仅是个例外。"

"也许你说得对,也许你在和稀泥安慰我,你当初跟我打赌时可不是这么看的,你当时的判断让我很震惊,你还记得吗,如果你不将我一军,不把话说得那么绝对,我是不会拿他跟你赌输赢的。"

"我已经记不清当时说了什么过头的话惹您生气的,那天有点喝高了。"副职抱歉地笑了笑。

"你怎么会忘记呢?我可是记得一清二楚。你说评奖和反腐都是按比例进行的,模范不一定就比别人经得起检查。我不信,也不敢相信,所以就打起了赌。我之所以挑选了他,是因为上上下下都认为他的表现最优秀,结果我输了,你赢了,而且送了他的命。"

"其实,领导,我们俩都没赢。我也不想赢啊!如果你想赢,咱俩还可以再打一次赌。"

"算了,算了,这种险我永远也不会再冒了。太吓人了。这件事天知地知,哪说哪了。毕竟是你赢了,我会兑现承诺的。"

·镀金的听诊器·

领导准备去医院做一次体检，让秘书陪同。

他说："只有你一个人知道就行，不许其他人跟着。我没病，只是做个例行身体检查。事先不准通知医院，不挑选医生，与普通患者一样。明天一早就去，抽血肯定要空腹，我懂。你也别吃早餐，顺便查查。记住了，不准事先安排，我要切身体验一下群众反映的看病难问题，看一看到底难在哪里。"领导还解释说，自己过去看病都去北京、上海，不为别的，只怕给本地医院添麻烦。

秘书连连点头。虽没带记录本，但领导讲的话他都一一记在了心上。

深秋的北方，太阳比夏天贪睡，领导坐上车时，东边的天空才刚刚放亮。领导打了个哈欠，吩咐秘书说："早去早回，不用排队，九点前一定赶回政府，别误了开会。"秘书点点头说："明白！"

走进体检大厅，灯火辉煌。造型别致的水晶吊灯闪着耀眼的光，领导皱了皱眉头，刚想侧身与秘书说句什么，就被簇拥而上的白衣天使们迷人的笑脸和悦耳的语音层层包围："欢迎您的光临！"她们恭敬地给领导和秘书同时送上了鲜花和哈达，彬彬有礼地站成两排。两位如花似玉身着粉色工装的美女先后伸手示意："请贵宾这边走!"并娇声嗲气地自我介绍："尊敬的贵宾,我是6号导医员,负责给您更换体检专用服装!"

踩着厚厚软软的红地毯,走到更衣室,早有手捧托盘的一男一女侍立在门旁："请用毛巾!"另有二位身穿淡绿旗袍的女服务员前来搀扶入座,并弯腰递上拖鞋："这是澳大利亚进口的袋鼠真皮拖鞋,请换上。"接下来,她们又笑吟吟地从衣柜里拿出崭新的体检服装请客人换上："这是新西兰纯羊绒制品,一次性的,请穿上!"

换完了衣服,领导与秘书又在8号和9号导医员的陪护下,走进礼宾厅。一位被介绍为医院院长的中年男子——头发有些秃,体态有些胖,脖子有点歪,笑容有些假,双手合十,像多年前的西哈努克亲王恭迎着前来体检的顾客。他用甜美精细的颤音,向客人致上辞藻华丽的欢迎辞,祝愿每位贵宾身体健康、福如东海、寿比南山!他还亲手端上一杯温热的盐水请客人漱漱口,并告诉客人这只漱口杯是当代著名工艺美术大师所制作,且经过佛家高僧吉日开光,杯底有大师及高僧本人的亲笔签名,赠与体检者珍藏,能祛病免灾,获益终生。

接下来,身高体重、血压血糖、耳鼻喉眼、口腔肛门、内科外科、CT、B超、核磁共振、血黏血稠、骨松骨密、气通气堵、尿清尿浊、尿稀尿臭……等等等等,一一细查。所有大夫胸前均挂有学位学衔、职级职称,个个都是名家名医、大师大腕,个个都谦虚低调、和蔼可亲,没有一丝一毫盛气凌人的医霸作风。他们翔实细致地向客人介绍各种进口仪器设备的功能与先进性,说:"就连这个不起眼的听诊器也是镀金的。"每位前来检查的贵宾,都在进口仪器和著名专家的精心诊断下心服口服地乖乖变成了患者和病人。

领导和秘书也不例外,至少他们的前列腺不同程度地出了点问题。同时,他俩也都属于亚健康状态。几乎每位医生都笑容可掬地给他们提出改进日常生活方式,从起居、饮食到性生活等方方面面的科学建议并推荐了相应的保健药品。

等所有的检查项目做完后,出水芙蓉般的礼宾小姐们又分列两队,在大厅门口夹道欢送。院方告知详细的体检报告将于一周内送达到每位贵宾手上,同时还奉上本次检查的全程录像光碟及精选影集一册,另赠高尔夫球杆一根和两张某会所洗浴优惠金卡。

领导坐在返回的车上,脸色越来越难看,在过第四个红绿灯时,脾气终于爆发了。他从交通拥堵说起,捎带着把秘书的阳奉阴违,当面一套背后一套,竟敢违背领导意图,事先安排所谓豪华体检的把戏统统拆穿。秘书满脸通红地呆坐着,先一声不吭,等汽车堵在第十二个红绿灯的丁字路口时,他趁着领导擦鼻涕的机会,才吞吞吐吐地发表自己的意见。当然,他没有就城市交通状况提出看法,只是想澄清领导关于体检问题的误解。他发誓说自己并没有事先做过安排,这家由普通的社区医院改建的体检中心只是本市数十个类似机构之一,是秘书昨晚从网上随机查找的,并不认识院方领导,也没有通知任何人,根本不是为领导做的专场检查,只要肯花钱就行。况且在体检过程中,至少还有其他七八位顾客在场。领导半信半疑地盯着一脸委屈的秘书,说了句宽慰的话:"我量你小子也不敢背着我干这种事。"

汽车又在第二十三个红绿灯前停下了。领导焦急地看着表,轻叹了一口气:"看来上午的会议赶不上了,通知他们改天吧,别等啦!看病难,看病难,确实难啊!我才弄明白看病难主要是难在一个交通拥堵上,取消几个红绿灯就解决啦!"

秘书侧着身子怔怔地望着领导补充道:"是啊,还是领导英明,一下子就抓住了问题的关键。您要不说,我还以为看病难,难在钱上呢!"

·别以为我不知道·

作为人口逼近一千万的大城市的一市之长，其地位是何等显赫，公务是何等繁忙，这完完全全超出一般人那贫乏而可怜的想象。

"其实，用不着想象，我每天考虑和处理的都是小事。但这些鸡毛蒜皮支离破碎的小事关系到近千万市民的切身利益，与他们的衣食住行吃喝拉撒紧密相连，因此，也就成了大事。群众生活中的小事，都是我们心中的大事。比如说，春节就要到了，我除了要关注市场供应之外，还要倾听群众的呼声，争取解除不准燃放烟花爆竹的禁令，不仅要让广大市民都能吃上饺子，还能放上鞭炮，过一个有民俗特色欢乐祥和的传统佳节……"市长在接受电视台专访时就是这样说的。他面带笑容，语气和缓而坚定，不管从哪个角度看，都是一副亲民形象。"群众的事情再小，也是我的大事"，这是市民最爱听的一句甜言蜜语了。

市人大常委会的部分官员对市长电视采访中关于解除燃放烟花爆竹禁令的说法颇有疑虑，他们认为禁令是五年前由人大作出的决定，具有地方法规的效力。在人民代表大会未作讨论的情况下，市长个人公开发表解除的建议实属不妥，至少程序上是违法的。再说，当年为了制定这个禁令，上上下下紧锣密鼓地折腾了两个多月,听证会、座谈会、民意调查问卷,以及宣传会、张贴画、散发传单、致市民的一封信、标语横幅等等,犹如发动了一场浩大的社会政治运动,这才举全市之力,改变了百年千年的陋习。当时动员了各方各界的专家名人,出数据、举实例、讲道理,形成了巨大的宣传攻势。医院方面给出了近十年来燃放鞭炮而致死和致残以及入院救治的各类统计,死亡的不算,光是炸伤手指、手腕、胳膊、大腿、小腿、踝骨、膝盖、嘴唇、牙齿、胸腔、肚子、屁股、心、肝、肺、胃以及摘除眼球等的分类数字就大得令人瞠目结舌。消防部门提供了每年正月期间,全市消防队出动的次数,均达到数千以上。烧毁的房屋、车辆、家具、设备不计其数,损失惨重,仅此一项若补给市民增添节日菜肴,每户至少多加一盘红烧肉。一位环卫女工在电视上说到激动处竟号啕大哭,因为前一年为清理春节烟花爆竹所产生的垃圾累死了她的两位姐妹。而空气检测显示,烟花爆竹燃放时所产生的有毒气体,不仅导致呼吸道疾病频发,同时还会加剧血压、血糖、血脂升高,并有致癌的危险。人们平常只知道烟雾会影响视力,其实他们更容易影响智力。最新的科学实验表明,喜欢放鞭放炮的儿童,其智商普遍偏低……当然还有噪声把人逼疯等等。总而言之,燃放烟花爆竹有百害而无一利,全体市民应珍爱生命,远离鞭炮。为了一步到位,彻底杜绝,近两年,市、县(区)、街道、社区的各级干部从腊月二十三(小年)开始,就下基层值班巡视,以弥补警力之不足。经过精心组织和策划,在市里的正确领导下,这场禁止燃放烟花爆竹的人民战争终于取得了全面胜利。

这作为一大政绩,使新上任的市长受到了上下一致好评,其经验迅速得到推广,许多市、县也相继发出了禁放令。

市长得知人大委婉地提出异议时,宽容大度而又认真严肃地指出:"五年前禁放是对的,如今放开也是对的。我们要解放思想与时俱进嘛!文化传统比眼前利益更重要,人民过节的喜悦之情总得有个方式表达嘛!燃放爆竹可以拉动内需促进经济嘛!至于程序上的事,你们抓紧研究尽快补办。同时也要做好宣传舆论引导,让居民通过解禁这件事都能感受到政府的关怀……"

腊月三十,大年除夕,城市鞭炮齐鸣,排山倒海、震耳欲聋般爆发,如同一场大规模的战争一般。市长大人在慰问公安干警后回到了家里。五岁大的小孙子蹦蹦跳跳地扑上来喊爷爷,缠着爷爷和他一起到院子里放礼花。

"先让爷爷喝口茶,歇一会儿。这个小祖宗惯得不成样子啦!"奶奶在一旁嗔怪着。

"我的宝贝孙子,来,先让爷爷亲一口。你说说,爷爷好还是奶奶好?"市长抱着孙子满脸堆笑。

"都好!"孩子用小手捏市长的鼻子。

"还是你爷爷好,奶奶可比不了你爷爷。"奶奶把茶递过来说,"当初生你的时候,正赶上过年,你爸你妈怕放鞭放炮的噪音影响你睡觉,非让你爷爷下令禁止燃放爆竹,今年你又整天缠着爷爷放什么满天星,害得你爷爷又为你解除禁令,真是惯坏你啦!"

"你这个老太婆,瞎唠叨啥,别给孩子说这些!"市长瞅了一眼夫人。

"谢谢爷爷！别以为我不知道，妈妈早就告诉我了。"孙子聪明地眨着眼睛，拉着爷爷那柔软而温暖的大手，一起去点燃那缤纷绚烂的辞旧迎新的礼炮。

·升迁·

　　大学毕业那年，我和郑某分配到了同一个单位——省政府办公厅机要处保密科。

　　办公厅人事处负责选留大学生工作的副处长老费同志一眼就相中了我，点名道姓直截了当地跟系里主管学生分配的老师表明了态度。他说，省办公厅机要处缺一个文字能力强的笔杆子，这位同学的毕业论文我们仔细看过了，水平挺高。档案我们也调阅了，综合各方面条件，我们决定接收他，等等。系里的老师和我的班主任同意他的意见，但同时又把郑某推荐给老费同志，并反复介绍郑某的种种优点，结论是："他并不比你们选定的那位同学差，甚至在某些方面，郑某更适合从事机要处的文字及其他工作。"费副处长本想只进我一个，但他拗不过系里执著的建议，只好破例从其他部门挤出个进人指标，把我和我的同学郑某同时接收了。事后，班主任老师私下跟我说："其实你也知道，郑同学的学习成绩并不好，文字表达能力很差，各方面的表现远不如你。但系里得帮他一下，把他的鉴定写得好一些，要不哪个用人单位肯要他？你很优秀，看中你的单位很多。我们是想借你的笔，把郑某搭配着分出去，这跟卖菜差不多，得好坏搭配着，要不这样剩下的差学生怎么办？"我似懂非懂地一个劲儿地点头称是。

郑某与我在同一个科里工作了三年后，就调到综合科并升任为副科长了，他是我们那批进省机关大学生中升职最早的之一。科长大刘兴奋地跟我解释："这下可好了，我终于甩掉了个包袱！小郑简直是个饭桶，什么工作都担不起来。你和他是同班同学，差距咋这么大呢？你能写能干，认真突出，交给什么事儿都办得妥妥帖帖。他可好，嗨，能吃能睡，懒懒散散，年纪轻轻的也不上进，这种人怎么能在我们科工作呢？耽误事嘛！这下可好了，总算给弄走了，不再占我们的编制了。你可不知道，为了把郑某打发走我费了多少口舌，我跟分管处长和综合科长把郑某夸成了一朵花儿，建议他们破格提拔使用，所以他们给郑某安排了副科长的职位。这小子也算占了个大便宜，不给他个一官半职的，他肯走吗？你是骨干，谁要也不放！"大刘说完还拍拍我的肩膀，以示器重，我心里十分感动。

　　过了不到两年，郑某又从综合科调到档案室工作，任正科级副主任。大刘告诉我，综合科科长为这事动了不少脑筋。他多次骂大刘："你坑死人不偿命！郑某这种草包你也推荐给我，太过分了！"

　　郑某在档案室干了三年，彻底调出了办公厅。他升任省商业厅质检处副处长。有一次，办公厅人事处的费处长碰到我还专门提起郑某。他说："当初我就不想接收郑某，要不是你们学校死乞白赖地拼命推荐，他怎么也不会进咱们机关，那就是个废物！这种干部怎么能在办公厅这样重要的部门工作呢？所以，厅里下决心把他弄走了，这回算省心了。提拔？不提拔他肯挪窝吗？其实这叫明升暗降。听说最近要提升你为保密科副科长啦,你得好好干,你是难得的人才啊,务必要珍惜这个机会!"我表示一定谨记领导的教诲,一如既往地做好本职工作。

又过了三年,郑某的工作调整到了科技厅,在专利处担任正处级调研员,除了不拍板,其他待遇与处长一样。在正处调的岗位上郑某逗留了四年,然后竟升任为教育厅副厅长了。他不断升迁的理由只有一个,那就是他在任何单位或部门的任何岗位上都不能胜任!无论他调到哪个部门,哪个部门都会想方设法让他尽快离开。怎样才能让他痛痛快快地走呢?只有向其他单位推荐,把他夸奖赞扬一番,并以升职作为让其离开的优先条件,有点像房地产开发商对付拆迁钉子户的某些做法,郑某成了中国干部任用制度弊端的最大受益者。他人不坏,就是能力差。

前不久,学校百年校庆时,我们那届毕业生再次回到了母校。在庆典大会上,我们班除了郑某以教育主管部门的领导端坐在主席台上外,其他同学只能站在操场上人头攒动的后排。同学们纷纷推断,若按照郑某一路走到今天的轨迹来看,他未来上升的空间依然很大,这是必然的逻辑。所以,大家建议,等校庆大会结束后,一定挤到前面,邀请郑厅长一起合影留念,说不定这张照片在若干年后具有十分重要的意义。

我赞成同学们的分析和建议,并自告奋勇地要求率先冲到主席台前向郑厅长发出合影邀请,因为我比其他人跟郑某的关系更密切,不仅与他同过学,也共过事,而且,我至今仍在保密科工作,还荣任科长了呢!

• 说心里话 •

说心里话,我这个人是个直肠子,没那么多弯弯绕,想什么就说什么,心里藏不住事儿。不像人事处的老余,他真是条"鱼",滑得很,比鱼滑,也比泥鳅、蚯蚓滑,用手是攥不住的,用叉子也叉不住。不知您记不记得上次您让我办的那件事,他妈的,我像孙子一样去求老余,这小子,滑,跟我云里雾里绕来绕去,到底没帮忙,临了还落个人情儿……

说心里话,我这个人是个急性子。在别人眼里,我是个四平八稳不慌不忙的人,不少人背后说我"肉",说我"面",那是不了解我。您说句公道话,我肉吗?我面吗?我有个毛病,我老婆就三天两头数落我,说我脑子有病,对自己的事,对家里的事,从来不着急,不上火。咱是什么人?大小在单位里也当个小头头儿,能光想着自己吗?不能,对单位里的事,是真着急,急得像条疯狗,整天上蹿下跳,真是两眼一睁,忙到熄灯。就是熄了灯,脑袋里还像过电影一样,把公家的事一遍又一遍地来回播放,简直就是"自动倒带",觉都睡不踏实……

说心里话,我这个人是个炮筒子。不会说漂亮话,在领导面前更是笨嘴拙舌。像您这样业绩突出、群众爱戴的领导,说好话的人多了,那句话怎么说来着?对,好评如潮,有口皆碑,还用得着我去添砖加瓦、狗尾续貂吗?您说对不对?我从小就没学会溜须拍马，也不愿意学那一套。话又说回来了，除非我没看到，只要是我认为不对的事儿，我还真憋不住，不说出来心里就堵得慌，对群众、下属、同事如此，对领导也一样。这一点您最清楚了，上回我就当着您的面儿，给您提了意见。您当时还不愿意，我不顾个人脸面，愣是把您拉到度假村休息了几天，您记得不？事业心人人都该有，但也不能把家庭、健康都牺牲了。您说是不是？适当地放松一下，不光对自己是个呵护，对工作也有好处。嗨，这些事儿，常常是领导能理解，可群众就没那个水平了。我这个人得罪起人来，既有广度，又有深度，还有速度，赖谁呀？还不是赖自己是个炮筒子吗？大大咧咧，不知不觉中把人都给得罪了，您瞧这次群众评比打分，那叫什么事儿，以后谁还敢负责任……

说心里话，我这个人心太软，不好整人。有意见当面提，不在背后嘀咕人。就说行政处的老丁，对，丁处长，听说最近领导要重用他。去年中秋节，他开着机关的车，拉着全家和丈母娘，到郊区赏月。财务处牛处长，隔三差五地去洗桑拿。嗨，这些事我心里一清二楚，我跟领导反映过吗？没有，从来没有。他们还说我一个星期醉七天，扯淡！我脸红那是血压不稳，猴子的屁股是啥颜色？那也是喝酒喝的？笑话！

说心里话，我这个人说到底就是老实，就是光顾着闷头干活，不愿意跑关系、串门子。更不会拉拉扯扯、跑官要官。我跟您说这些没别的意思，说心里话，有些事也不是不会，就是觉得不好意思，说不出口。就说这次局里干部调整吧，论资历、论水平、论业绩、论能力，我比谁差了？我就是不愿意跑，不愿意送，不想把事情搞俗。论机会，您说我让了多少次，那就别提了，过去的事就算了。没意思，老实人总是吃亏。吃亏就吃亏呗，心里踏实。向您学习，以您为榜样，我心里总是不断地告诫自己……

不再耽误您时间了，就是想找您说说心里话，汇报汇报思想，告辞了，您别站起来了。

噢，您看，差一点忘了规矩，过年啦，不知您孩子喜欢什么，就这么点儿心意留给孩子自己买点玩具吧。别，别，别，您千万别推辞，真的没什么事要求您的，您不收下这不是往我的脸上吐唾沫吗？这些年您对我教育、帮助得太多了，比天高，比海深，我真不知道怎么感激才好，大恩不言谢，您留步，外面冷……

"咔嚓——"录音机关了。他妈的，不行，我还得再练一遍。

· 幸福时光 ·

在可以预见的若干年后,他们聚在一起仍会像今天一样,陶醉于从前的那些被训斥和辱骂的幸福时光。

窗外淅淅沥沥地下着雨。阴雨连绵的天气令他们从心里感到踏实和兴奋,若赶上电闪雷鸣的日子他们就会亢奋得手舞足蹈。

白酒已经喝光了四瓶,八个人中已有三位舌头逐渐硬化了。他们争先恐后地慨叹着,比较着新老局长在能力水平上的种种差异,深深地沉浸在对卸任不久的老领导的无限依恋与感佩的追忆之中。

"嗨,恐怕再也遇不到这么好的老领导了!要气魄有气魄,要能力有能力,敢恨敢骂,一出场就有当官的派头,像个大门楼,不是小门脸。训斥起我来,那才叫劈头盖脸,体无完肤。骂上个把钟头,不带重复的,三个字一组,四个字一句,绝对给力……"

"拉倒吧,骂你那几回算什么,毛毛雨啦!你没见他训我时那气势,狂轰滥炸、血肉横飞,比美军在伊拉克的军事打击还狠,不光是爹妈牵扯上了,连八辈祖宗都不能脱了干系,骂得我昏死过好几回……"

"你他妈的还敢装死?!我让人把你活埋了,你信不信?哭什么哭，你爹你妈，你老婆孩子还没死呢！有一次，领导就是这么呵斥我的。我当时真想从他办公室的窗户跳下去，后来领导说你他妈的有本事就跳楼去，别在我这跳，这是三楼，死不了，只能落个终身残疾，还得花公家的医疗费……"

"咱领导口才特棒，尤其是骂起人来，那真如江河之水，滚滚而来又滔滔不绝。连续骂上个把钟头不带喝口水的，口不干舌不燥，哪来的那么多尖酸刻薄、歹毒凶残的词儿，若把他老人家批评下属的那些脏话汇总起来，绝对是一部厚厚的骂人专用大全，是百科全书式的骂人经典……"

"头一次遭他劈头盖脸痛批，我差一点尿了裤子。好在泪水哗哗地往外涌，下面倒干净了！真受不了，跟姜处刚才说的一样，真想一死了之，我他妈的干吗受这窝囊气……"

"是啊，是啊，我们都是有学历的人，好歹也受过高等教育，大小也算是个知识分子，也是社会精英嘛！可在老领导眼里，我们是'狗屎不如'、'狗屁不如'，说我们离狗屁狗屎还有相当的一段距离，太损啦……"

"温主任，距离还是可以缩短的嘛！从骂咱'狗屎不如'，到'你就是一泡狗屎'好像没超过一年时间。再往后，他就称咱哥几个为'草包'、'饭桶'、'猪头'，说明我们进步蛮快的……"

"罗处，我跟你讲，开始时谁都受不了他那火爆脾气，心里怕憋出屎来了。要不是领导说了句'我骂你是看得起你'，我早就翻脸啦。关键是领导看得起我，这话让人温暖，像冬天里的一团火……"

"傅处,瞧你这姓,永远也当不了正的。傅正处长,听起来真他妈别扭。你小子可是第一个被提拔的,你好像挨骂的次数并不多嘛。"

"去你的,你知道个屁。我哪天不挨训?我在他身边工作,当了两年秘书。你们谁能比我待遇高?领导一见到我张嘴就呵斥,深更半夜也得听他骂人,只要电话一响,我心里就咯噔一声,接下来就是一阵狂风暴雨、飞沙走石,骂得你七窍出血……"

"老毕,你说人这种动物有时还真挺贱!刚开始无法忍受,后来骂着骂着也就听习惯了。再往后,领导一时不训不骂,咱还觉得少点什么,里外不舒服!想着法子往前凑,好让他狂躁粗暴地痛痛快快骂上一顿,觉着好爽好刺激……"

"你算说对了,我还真有这点心理依赖啦!我们只知道吸毒能让人上瘾,没想到挨骂也能上瘾……"

"哎,你们听说了吧,有人背后骂我们几个是老领导的忠实走狗,是打不癞的狗腿子。"

"嗨,那不是骂,那是夸我们呢!我们从'狗屎不如',到'狗屁'、'狗屎',再到'狗腿子'和'狗',进步蛮快嘛,才十几年时间,就完成了质的飞跃。他们都是羡慕嫉妒恨,典型的酸葡萄心态。狗腿子怎么啦?至少狗比人忠诚!他们想当还没机会呢……"

"来、来、来,咱们喝酒,为新来的领导干一杯!"

"啥,凭什么为新领导干杯?我看他不配!瞧那副文质彬彬的懦弱样子,连句硬话都不敢说,前天我去他办公室,他还站起来跟我说'您请坐！'一看就没当过什么官，一点派头都没有，我真瞧不起！"

"老杨说得对，我也觉得新领导很怪异。客客气气地对下属，太有失尊严了！那天还表扬了我几句，弄得我浑身不自在，像犯了什么大罪似的。"

"更让我受不了的是，新领导说有个新想法，想征求大伙的意见，看看行不行，这也太不顾及自己的身份了嘛。哪有跟下属商量的领导？"

"他跟咱老领导可真没法比。老领导见谁骂谁，根本就不考虑对错，'错了要骂，对了更要骂，防止你们翘尾巴'，他说得多在理呀！"

"可不是吗！老领导有句名言：'世上只有两种意见，一种是领导的意见，另一种是错误的意见。'太精辟啦！"

…………

雨停了，酒还在喝着。这几位单位里的中层干部们借着酒劲儿，尽情回味着往日追随老领导的美好记忆并对未来的日子充满了忧虑。

如果天天下雨该多好啊，阳光灿烂的日子真让人情绪沮丧！他们共同感慨着。

有意思

小侯是系里最年轻的教授，跟我在同一个教研室。

他从经济学的角度对腐败问题进行过研究，发表了几篇颇有影响的文章，在学界小有名气，小侯凭借年龄优势，加上天赋不错，很快就在学术上崭露头角。

成功给侯教授带来了不少好处，出国考察、课题牵头人、成果评奖等都少不了他的份，学校还推选他当上了市政协委员。

小侯说话的口气比以前明显地大了起来。除了对同行和前辈不以为然外，更不把当官的放在眼里，他常挂在嘴边的一句话是："操，当官的没一个好东西！"

知识分子普遍瞧不起当官的，这既是一种传统又是一种时尚，我也有这个毛病。大学里的教师们凑在一起闲聊时，谈论学术的少，议论政治的多。而说起政治来，似乎个个都很内行。谈政治离不开官场，讲官场又免不了说政客，政客泛泛而论包括了古今中外所有的大大小小的官员。读书人议论政治，往往从纯而又纯的抽象原则开始，到俗而又俗的具体现象结束，援引的事实基本上源于道听途说、街谈巷议和地摊报刊上传播的各类逸闻趣事。这么说吧，在许多学者眼里，当官的生来就是愚蠢、无能、贪婪、腐败和不学无术的化身，他们的唯一价值就是为知识阶层提供了饭后茶余嘲讽谩骂的靶子。小侯在对当官者的蔑视态度上,超过了我们所有人。每次瞎侃时,他最后都激动得脸红脖子粗,动作很不协调地挥着拳头,吼叫道:"操,当官的没一个好东西!他们习惯于在大粪池里洗手!"

就是这位嫉"官"如仇的侯教授,当得知系里将选派一名教师到某县级市里任副市长的时候睡不着觉了。据说他私下里做了大量的工作,终于如愿以偿——任东部沿海地区某县级市的副市长(挂职),时间为一年。

同事们不再好意思去刨根问底地探讨他一反常态的选择背后的动机。有些人背地里把他描述成口是心非、双重人格的两面派,甚至讥讽他做官就像有些男人对小姐的态度一样,嘴上骂着,心里还想着,只要没人注意就会偷偷地捏一把。其实,这些人跟我一样,对于他当副市长这件事儿,内心里是既羡慕又嫉妒。

小侯(还是按规矩叫侯市长好),也就是侯副市长到任三个月后来京开会,他让当地驻京联络办的下属们派车把我们系里的十几位老师接到了一家很有名气的五星级酒店。在那里他请我们吃了顿丰盛的晚宴。说实话,那的确是我大半辈子见到的最豪华的餐厅,也是至今所能吃上的唯一一次最高档次的饭菜了。

侯副市长那一天派头很大,一举一动一言一行就像是在官场里千锤百炼过的老手,与三个月前的侯教授判若两人。说话也拖着长音,每句话的开头和结尾都加上几个"啊"、"啊",

完全是从他过去所嘲笑的对象那里克隆复制过来的。

趁着他给我们做"政府工作报告"喘口气的间歇,我小声地打断了他:"你别讲得太复杂了,你能不能用一句话概括你当官的感受?"

侯市长略微停顿了一下,然后大声告诉我:"就三个字——有意思!"

"有意思?"我重复了一句。我觉得他的回答很有水平,也很有意思。这三个字给我留下了深刻的印象。

一年过去了,挂职期满,但小侯没有如期回校。据说,根据其工作表现和本人的强烈要求,上级决定让他继续留任,而且是改挂职为任职。我们也都为失去这样一位同行而感到骄傲。

又差不多过了一年,有消息说小侯被免去了副市长的职务且被移交到司法部门处理。系里有些人提供了不少关于他的传说:贪污啦,受贿啦,包二奶啦,养情妇啦,挪用公款啦,甚至与当地的黑社会有牵连啦,等等。反正不管怎么说,小侯算是完蛋啦!

有人问我对小侯的事情有何感想,我不假思索地脱口而出:"有意思!"

•抱负•

他先后找过我三次。

开始他只想去政府机关工作,态度很坚决。

对于前来进行职业咨询的毕业生,我总是先询问他们的职业理想,了解他们对职业选择的初步想法。

我从小就想从政,搞政治,他说,那是我的抱负。

从他的谈话中我知道他并非出自官员之家,而是来自乡下的普通农民家庭。据他讲,祖上连村长级的干部都没出过。做官当然不靠遗传,这个谁都明白。

从政?搞政治?走仕途?这些词是不是大了点?说白了,你是不是就想当官?

我并不掩饰自己的真实想法,我只想做官。

什么是当官,你说说看。你觉得你适合做官吗?

当官就是到政府部门工作,现在叫公务员。没有哪个人生来就是做官的。帝王将相宁有种乎?至少我觉得自己并不比那些当官的能力差。草包、饭桶都能捞个一官半职的,我大学毕业,为什么不能?

你有政治抱负这很好,但从政可不能光凭热情,那可是一项难度系数很高的特种行当,业余爱好者是无法胜任的。

我懂,政治手腕我也掌握了一些,还有谋略。但我不会整人的。

现在公务员的待遇并不高,甚至还很清苦。你所学的专业正好可以去公司、企业或者银行系统工作。为什么偏偏要去机关呢?

当官的表面收入低,灰色收入多的是。用不着贪污、受贿,家里的东西都用不完。到基层单位转一转,好吃好喝好招待,临走还送这个送那个,好处多的是……他兴奋而真诚地掰着手指头说。

我明白了,你这不是什么职业理想,你早就有了"犯罪动机",你去机关工作是想伺机作案。

他的脸突然红了,僵硬地笑着,呆呆地打量着我那张弥漫着怒气的面孔。

不是这个意思,您误解了。他显然后悔了,可能觉得我一贯随和的态度欺骗了他。

他报考了公务员,但考试不合格。

他再一次找我,神情有些沮丧。我竭力建议他考虑其他出路。他同意了。

又过了几天,他告诉我他找了一家公司,但他并不打算长期干下去,他想以后再考公务员,他同时还在找路子去政府机关。

不知为什么,那家公司最后并没有接收他。

到离校时,他一直没有落实工作单位,只好回家乡所在地区二次分配。

一年后,我收到了一封寄自中学的来信,寄信者正是他。从信中得知,他终于圆了他的职业理想——他在一所中学教政治课,也算是搞政治吧。

我只是担心他按照自己的政治抱负去培养未来的政治家。

·辅导员·

"你抽时间去看看武老师,他挺想大家的。我前几次去看他,他每回都念叨我们。"这是去年夏天老邱出差到成都跟我聊天时说的话。

武老师是我读大学时的辅导员,相当于班主任。老邱还告诉我,武老师两年前得了脑血栓,差一点过去了。不过,他愈后效果不错,记忆力很好,全班四十个学生的名字都能一一叫上来。去年校庆时,我们班有二十多位同学返校聚会,武老师见了大家的面很激动,脑血栓又犯了,住了三个多月的医院才缓过来。人老了,挺寂寞的。武老师的老伴死了四年多了,现在就一个人,孤苦伶仃的。当年他欣赏的那几个班干部很少露面。有的做了官,忙啊,连我们也难见一面。团支书孙长脖子当了市委书记后腐败了,被判了十四年。嗨,上大学时他可是武老师的心肝宝贝儿,指望不上了。所以,老邱临走时一再叮嘱我,下次到北京开会,一定抽空去看看班主任。"你现在快当上院士了,武老师肯定会为你骄傲,上次校庆聚会你没去,武老师挺遗憾的。"

听了老邱的建议,我心里还真有些内疚。说实话,从上大学算起,到今年正好三十年了,还从未回去看望过武老师。不知为什么,大学这段时光在我的脑海里一直挺模糊,不像中小学时代那么清晰。能记住的大学老师也很少，想来想去能想起来的，还真是只有辅导员了。那时的武老师才四十来岁，从部队刚转业到学校工作，担任系党总支副书记兼任我们的辅导员。辅导员不给学生上课，只负责学生们的日常生活和思想状况。其实，在学生们的心目中，辅导员是个没学问、没本事的角色。跟那些著名教授比，他们在学校和学生眼里都没啥地位。但话又说回来了，总有些积极要求进步的学生跟辅导员走得很近，他们一般都是学生干部。还有些同学因为遇到了经济、健康等方面的问题也与班主任结下了深厚的感情，比如老邱，他虽不是干部但是有名的"病号"，三天两头跑医院。四年大学，他连看病加住院差不多占了小一半时间。武老师因此为他花费了不少精力和工资，他对武老师一直心存感激。我当时是班上最不起眼儿的普通学生，既没当干部，又没得过大病，好像没跟班主任说过几句话。不过，现在回想起来，武老师留给我的印象还是挺温暖的，而那些大腕教授却大多记不住了。

我答应老邱下次到北京，保证挤些时间到班主任武老师家坐坐，毕业这么多年了，辅导员还念叨着他的学生，让我心里十分感动和惭愧。老邱是位有情有义的人，我俩在一个宿舍里住了四年，感情很深，他说的话我很在意。

春节快到了，我正巧去北京参加一个项目评审会，晚上没事儿，我去了武老师家。

武老师见到有客人来，非常高兴。两只脚在瓷砖上急促地蹭着，拽着我的手让我往沙发上坐。

"我是您的学生，还记得吗？"我一进门就自我介绍。

"记得,记得。你可出息大了,那么有名,谁不认识你啊?"武老师一个劲儿地拍着我的手。

"哪里,哪里,都是老师您教育的结果。"我的眼圈湿润了,"这么多年,一直想来看您,可总不凑巧。真不好意思,我这个学生太不合格了,太让您失望了。"

"你忙,你忙,我知道。你不像我,一个大闲人,啥事都没有。身体又不好,净给组织添麻烦。你现在干啥呢,还当市委书记?"他拉着我一同坐下,关切地问。

"我没当书记……"

"又高升啦!好哇,我就知道你能干,有这个本事。在大学的时候,我就觉得你是这块料,能当官儿。当官好啊!咱班出了好几个司局级的干部。除了你,还有小柳,叫柳小萌,她现在也当上副市长了。王名成,你们班的组织委员,现在是司长了;还有班长赵大胡,那家伙也行,先当官,后来下海经商,把生意做到外国去了,听说还办了绿卡,成了外商了……你年轻,正是干事的好时候。"武老师兴奋得眼睛放光。

"不年轻啦,我也五十出头了。"我附和着。

"五十出头,正是当官的好年龄。我一想起你啊,心里就特别满足自豪。前些日子,有人说你被双规了,真是胡说八道。这年头,谣言多得很呢!为啥这么说,嫉妒呗!这回你又升了,谣言不攻自破。"武老师替自己的学生愤愤不平。

"武老师,咱班的同学您都有印象吗?"我试探着问。

"当然了,别看我七十多了,走路两条腿不大听使唤了,可脑袋瓜儿没问题,清楚着呢!你们这届绝大多数人的名字我都能叫得上来。"他自信地做了一个翘大拇指的动作。

"孟新宁您还记得吗?"我报上了自己的大名。

"孟新宁?是你们这届的吗?"武老师一时没想起来。

"是,就我们这个班的,个子不高,四川人。"我提醒他。

"噢,我记不大清楚了。是不是那个平常不大愿意参加集体活动,有时爱说个怪话,毕业分配回老家一个重点工程工作的小平头?"武老师的记忆力很棒,"他现在干啥?"

"他还在那儿工作,当上了全国劳模。"我如实地告诉他。

"好啊,人这一辈子其实干什么都一样。劳模也不错,凭双手吃饭,累是累点,心里踏实。你们同学之间还得相互帮助,你这个当大官的,要多安慰安慰他,别让他自暴自弃。"武老师深情地嘱托我。

"放心吧,挺好的,过得很充实。您要多注意身体,别老惦记我们这些学生了,平时多吃点有营养的。我给您带了点滋补品,再给您留点钱,自己喜欢什么就买点。"我随手塞给了他一个信封。

"哎哟,你这是怎么说的,太让你破费了。谢谢,谢谢。这不光是你个人的心意,也是党和政府的关怀。您一个大领导,百忙之中来看我,还给我送这送那,真让我过意不去,我要是告诉别人说孙书记来看我,他们得羡慕死。"武老师客气地坚持要把我送到楼下,我费了好一番口舌才把他拦在门口。

后来,我特意给老邱打了个电话,告知他我去看过经常念叨我们的辅导员了。但我没细说整个过程,更没有说老师真正记住并想念的是孙长脖子们,而我是替他看望了当年栽培过他的辅导员。

·班干部·

王广田找到我的那一年正好五十岁,我记得他伸出五个手指头,反复说:我今年都五个整张了,生日刚过,属羊的,五十整了,比你大一岁。

他千里迢迢地进京找我,肯定不是为了跟我比岁数的,我猜他一定遇到了什么难事儿。

广田是我初中同学,他算了算说,自打十五岁以后,他就再没见过我。我心里也算了算,认为他说得对。我十四岁考入县城高中读书,他初中毕业回家赶牛车了。后来我读大学,直接留在北京工作,他赶了四年车后,在村委会谋了个差事,又一步一步地挪到了乡政府当上了干部。

已届半百的王广田虽然脸上布满了皱纹,头顶秃了一块儿,牙齿掉了两颗,但基本轮廓没变,仔细端量,还能辨认出少年时的模样。他说他费了很多周折才打听到我的单位,还给我带了两箱家乡的特产——咸鸭蛋。

寒暄了一阵子,他又从兴奋放松阶段转为紧张局促状态。他开始吞吞吐吐起来,脸色也变红了。

"广田,有事吧?咱们是老同学,有什么事儿尽管说,不用客气。只要我能帮的,一定尽力。是不是孩子要上学了?"我想替他从窘迫的状态中解脱出来。

他摇了摇头，嘿嘿地笑着。

"那是不是家里有谁生病了，手头紧巴？"我进一步探询他的真实意图。

他还是摇了摇头，嘿嘿地笑着。

"不会是来上访告状吧，你不像是受欺负的样子。"我也嘿嘿地笑了两声。

"不是，不是，"他摆摆手，"你想到哪儿去了？我其实是想让你替我做个证明，当个证明人。"

"证明人？证明啥？"我还真有点迷糊了。

"是这样，前两个月，乡里发了张《干部履历表》，上边有一个栏目，要填上'何时何地受过何种奖励'、'何时何处担任过何种职务'。我从小到大还真没得过啥奖励，连买东西抽奖也没抽中过，这一条我就不填了。咱不能做假，糊弄组织。可是我初一的时候当过半年班长，这事我得写上，所以我这就来找你了，想让你做个证明人。"王广田认认真真地看着我。

"你可真逗！你大老远跑来找我，就这么点事儿？你自己填上不就完了！"我觉得太有意思了。

"这可不是小事，是大事！这涉及任职资历问题。"他一本正经地解释道。

"任职资历？中小学当干部也算资历？你要提拔了？"我不解地问。

"提拔个球，我都这把年纪了。过两个月我就退休了，你别笑话我了。"王广田搓着双手，不好意思地咧着大嘴。

"那你填个啥？是不是初中时当班长算离休干部？"我跟他

开玩笑。

"那倒不是。咱当过班长就是当过班长,这事儿得写上。"他一脸严肃。

"那就写上呗,谁不让你写上了?"我觉得怪可笑的。

"写是写上了,可栏目后面有个空格,得填上证明人。"他的表情挺沉重。

"那就填上班主任曹老师的名字呗,是曹老师吧,外号叫'大瞪眼'对吧?"我随口建议道。

"对,对,对,看你的记性多好,连班主任的外号你都没忘,真了不起!不过,不过,曹老师死了好几年了。"王广田犯起了难。

"那咱班当年的同学有四五十个呢,他们不都在当地嘛!你何必舍近求远,坐了一夜火车跑来找我呢?"我皱着眉头问他。

"他们我都找过了,没一个人肯替我证明的。你记得'大面桶'吗?就是咱班原先的体育委员,我去找他,你猜他怎么说。他说,啥,你当过班长?你做梦吧,我怎么不知道?你那时要是当班长,那我就是校长。我又去找其他同学,他们一个个跟我来劲,都说我是想当官想疯了,说我脑袋让牛角顶了,还骂我神经病,说我小时候除了淌鼻涕没干过别的。没人肯证明我当过班长,他们还起哄说,我要是敢填上'班长'这两个字,他们就到乡里告我,乡里要是不管,他们就去县里、市里、省里上访,不行他们再去中央。你说这叫什么事嘛!"王广田越说越气愤,端杯子的手都有些发抖了。

"那你真的当过班长没?"我也认真起来了。

"怎么没当过?连你也忘了?嗨,这年头到哪儿说理去,我算说不清了。我为啥花钱坐车来找你,还以为你能记住呢!闹了半天,你也不相信我说的话。咱班的同学都跟你一样,都假装不知道。他们说,咱班的班长只有一个,从小学一直当到毕业,那就是老马,别人没干过。人家学习好,门门功课都是五分。说我是个大泥包,连乘法口诀'小九九'都背不全,不可能当班长。老马,你当班长这不假,可初一下学期,你闹痢疾,半年没上课,那会儿就是我当班长嘛,这你还记不住?"王广田坐立不安地来回走动。

"是吗?我还真记不清楚了。对了,你爹外号叫'王大疤',是吧?"我似乎想起点什么。

"嘿嘿,对、对,一点不错,你还记得我外号吗?"他充满期待地问我。

"'王小疤'呗,对吧?"我挺兴奋。

"还有一个外号,你记得吗?叫'班干部'!"王广田急切地提醒我。

"对、对、对,我想起来了。你是叫'班干部'。你爹当生产队长,一年四季披着灰上衣,呢子做的。两只袖子从不穿在胳膊上,走路一甩一甩的。两手总爱叉着腰,把衣服支棱着,挺有派的,像个大干部。你小子老学他,在学校也披个破褂子,小手叉腰上,鼓个瘪肚子,挺个小胸脯,说话拿腔拿调的,对,对,就是你,大伙儿有时喊你'班干部',你还挺美。对,一点没错,'班干部',王广田。"我眼前朦朦胧胧地浮现出他初中时的典型形象。

"我没说错吧,我就知道你脑瓜儿好使,能记住我。我当过班长,要不大伙儿怎么叫我'班干部'呢,一点不错。我就是那段时间当班长的。你当班长时间长,这我知道,但我也干过,这错不了。"他显然心里踏实多了。

"不管你当没当过,反正你叫'班干部',你回去写上吧。证明人就写我,没问题,我给你作证。"我拍了拍他的肩膀。

"当过,当过,我肯定当过。"王广田态度极其坚定,"你不能含含糊糊的,这关系到我的任职资历。以后遇上别人,我可以拍胸脯向天发誓,我当过初一下学期的班长,有你证明,我就更有底气啦!"

王广田没在我这儿多逗留,当天夜里坐火车返回了老家。临走时,他还一再向我解释,他这样做不为了提拔,也涨不了工资,只是为了荣誉。

·心情·

做父母的最大的心愿莫过于儿女们个个都能有出息。我的父母也不例外，尤其是父亲。

父亲一生务工，是草根阶层中的一分子。他勒紧腰带，从牙缝里创收，砸锅卖铁也要供孩子念书。当我大学毕业时，他像偿还完了巨额债务一样，轻松地喝起了小酒。喝点劣质烧酒，是他唯一的爱好，但为了给儿子凑学费，他已经有很多年滴酒不沾了。

父亲认为天下最美的差事是当官儿，那是他内心对儿子最大的期望。因此，当我前些年作出从机关里辞职下海的决定后，他气得两手发抖。尽管父亲没有对我暴跳如雷，但他那极度失望的痛苦表情深深地印在我的心里。

经商本来并非我的初衷，只是机关里沉闷无聊的压抑气氛和莫名其妙的游戏规则让我感到"呼吸"困难，为了那莫须有的一官半职而耗尽毕生的精力这种结局令我头皮发麻。

在商海里我如鱼得水。也许是命运之神的偏爱，我的公司办得很顺，生意挺红火，头一年就有了可观的赢利。那年春节，我特意赶回老家看望父母，光年货就办了一面包车。我想得到父亲的赞许，至少让他知道儿子经商并不比当官差。

父亲一件件地清点着我带回去的礼品，很多他以前从未见过。他老人家一边摆弄着年货，一边长吁短叹，说，这得花多少钱呢！他心疼钱，更心疼儿子，他不愿意儿子为他破费。整个春节，父亲没有现出我预期的那种兴奋感。

父亲告诉我："还是当官好哇！住在咱们小区前楼里的一个老头儿，儿子在县里当公安局长，每逢过年过节，给老头送礼的人都排着队，连乡长都去了。他儿子从不花钱，那比你可风光多了！"

往后的几年春节，父亲反反复复地给我讲述前楼公安局长的老父亲的故事，我不得不耐着性子听他对我的变相指责。

去年春节，我因出国考察没有回家。春节过后哥哥给我打来电话，兴奋地告诉我："这次过年是老父亲最高兴的一回。因为大年初一，咱县里的副县长领着招商局、地税局，还有老干部局的头头们来给老爷子拜年了，送来了不少年货，还给咱爸送了个红包，里面装了2000块的慰问金呢！老爷子激动得连话都说不利索啦，春节期间，天天喝酒。在小区里，他逢人就说，县长给我拜年来了！可有面子啦！你知道前楼那个老孙头吧？对，就是儿子在县里当公安局长的那位，他儿子去年撤职了，今年过年他老父亲家里冷清得很，再也没人上门送礼了……咱老爷子甭提多美啦！"

放下电话，我的心里感到很不是滋味，既兴奋又悲哀。我在沙发上呆坐了一会儿，又拨通了那位登门给我父亲送礼的副县长的手机，他是我高中时代的同学。"喂，二虎啊，对，是我，谢谢你替我看看老父亲。这样吧，从现在开始，每逢端午、五一、中秋、十一、元旦，不光是春节，你帮我费费心，打发你的下属以你的名义去看看我的父亲,随便带点什么滋补品之类的东西。对,钱还是由我来付,我这就把钱给你打过去。好,别忘了,麻烦你了。哦,投资的事情我正在考虑,估计没问题。我再说一遍,凡是过年过节的,你能去最好,你不能去一定要派个干部去看看我父母。对,代表你,不是代表我,哈哈,能代表市长、省长那就更好啦。"

·一分钟的遗憾·

老孙头的儿女们最近这些日子可兴奋神气啦！谈起父亲的死，他们一脸的骄傲，一定会把遗体告别仪式时拍的一沓子照片拿出来炫耀，比中了福利彩票还激动，因为告别室里摆放着市长送的花圈呢！

老孙头本指望儿女们给他操办个八十大寿，没想到矿里替他搞了个体面风光的丧礼。这事听起来有些无厘头，而他的孩子们却非常得意，不仅省去了祝寿的花销，而且节省了丧葬的费用。"多活几年也是那么回事儿，早晚都有这么一天，老头儿替我们做儿女的减轻了不少负担！"他的大儿子就这么说的。

老孙头只是煤矿的一个普普通通的退休工人，老实巴交地活到了八十岁，这比那些年轻时死于矿难的工友们不知要幸运多少倍。他从来没见过大人物，也没做过惊天动地的大事情，市长专门为他送花圈，岂不荒唐？

背心改裤衩，总会有说法，人要是走了运，那也是突然间的事儿。听他的儿女们眉飞色舞的描述，老爷子的运气就是市长亲自创造的。事情是这样发生的：

煤矿接到政府通知，说新任市长将利用周末休息时间到矿上视察。这可是头等大事，矿上领导们听到信儿后就忙碌起来了。市长难得亲临视察，这无疑是对现任煤矿领导班子工作业绩的重要肯定，工作没成绩，市长怎么会来呢？矿长自然很在意，不断地引导大家往他的功劳上想。市长来了看什么、听什么，又要请他讲点什么呢？这需要精心策划。他们连夜搞了个接待方案报市政府办公厅审查，市上很快把意见反馈给矿里，修改增删了部分内容，视察的基本路线也确定下来了。秘书长、副秘书长先后三次率队踩点走场，把市长从下车到上车沿途经过的每处站点都反反复复地走了几个来回，公安、交通等部门又把安全保卫的方方面面详细地布置了一番，挂多长多大多少数量的横幅，组织多少人参与的欢迎队伍以及哪些领导陪同，哪些媒体记者随从，会议桌上摆放何种鲜花、何种品牌的矿泉水等等，包括市长中间可能去厕所放松一下均一一做出安排。市长不仅要听煤矿领导的汇报，还要召开一个有二十余位职工参加的座谈会，接见部分退休老职工代表并与他们合影留念。

那个周末一切准备就绪，在欢迎队伍手持鲜花、彩绸翘望了两个多钟头之后获知，市长因另有公务，不得不取消了此次考察，只能另择吉日。

隔了一个星期，矿上再次得到喜讯，市长明天便来视察。又是一番紧急的动员，精心准备，连夜彩排，结果又和上次一样，市长临时改变了安排，欢迎的队伍只好就地解散。

又过了两个星期，市长真的来了。矿上沸腾了，比过大年还热闹。虽然市长比预定时间晚了一个半小时，但欢呼的人群情绪依然亢奋昂扬，"欢迎、欢迎，热烈欢迎"、"市长好"、"市长市长，永远健康"的口号声一浪高过一浪。市长在各位领导的陪同下参观了矿史展览，与刚升井的矿工一一握手，听取了煤矿主要负责人简短的工作汇报,并与部分职工代表兴致勃勃地座谈了主人翁精神。时间过去了一个半钟头,再需五分钟,他的考察活动就圆满结束了,最后的环节是用两分钟时间与等候在场区出口处的退休老职工代表合影留念。

问题就出在这最后的五分钟。

早已排好队整齐地站立在合影架上等候照相的多位老职工代表年龄均在八十岁左右。他们有的是在亲友的搀扶下才好不容易站在木板搭成的台阶上的,由于年老体弱,颤颤巍巍地站不了多久,便开始摇晃。工作人员不断地跑过去扶着,扶了这个,又倒了那个,现场一片忙乱。好在厂方事先考虑得很周到,为每位老头儿的裤裆里垫上了"尿不湿",否则更麻烦。但毕竟站了一个多小时,有三位老职工无论如何也站不住了,只好架回去。但老孙头始终坚持着,直到市长出现前的最后一分钟才倒下。工作人员和他儿子赶紧冲上去把他拖了出去。那一瞬,老人的脸上充满了痛苦的自责的表情。

老孙头儿再也没有醒来,他大儿子哭丧着脸说:"就差一分钟啊,让老爷子留下终生遗憾!"

矿上领导当即表示,丧事由厂子出面操办。矿长亲自出席了遗体告别仪式,并征得上级同意,摆放了以市长名义送上的花圈。

老孙头的儿女们幸福极了,他们逢人便讲这值得骄傲的一幕:"由市长出面为老人家送行,世上能有几人,这是何等的荣耀,看谁敢小瞧我们?"

当然,市长并不清楚老人们等了多久,更不知道有一位姓孙的老职工就在与他见面前的一分钟离开了人世。

夙愿

"我不愿意当官,我总是把机会让给别人。"老师逢人便讲。课堂上,开会时,只要一有机会他就重复他已经讲过上百遍的话题。

老师去世时享年七十五岁,我最后一次听他表白,大约在他死前一年,也就是他七十四岁的时候。那一天是他的生日,我记得很清楚。我和几位同学去祝寿,像往年一样,送去了一个大大的蛋糕。

老师很兴奋,一边嗔怪我们太破费了,一边动手切蛋糕。喝酒时,他批评我们说:"你们这些当官的,不要自以为了不起,其实,很多人都比你们有本事、有能耐,只是他们不愿意选择当官而已。"我们点头称是,但对于老师把我们这几个小科长、小处长也称之为"官",心里总不是滋味。

"比方说我吧,"老师的话匣子一打开就以自己为例,现身说法,"读中学时老师曾让我当班长,我不干,好事要让给别人。后来就选了一个成绩比我差的人当班长,这个班长毕业时被推荐进政府当通讯员,再后来他当上了市长,离休时是市里的政协主席,占了不少便宜。"

"大学毕业时,我可以进机关,可我不愿意当官,这你们是知道的。我坚持留在学校教书,同学中凡是毕业进政府部门的，后来都当上了局长、司长，还有两个当上了副部长。他们个个威风，哼！

"1962年7月，系里让我兼任办公室主任，我表示自己志不在此，水平也不够，就把位子让给了我们教研室的老董。他后来放弃了教学，慢慢爬到了学校秘书长的位置，住房比我大多了，工资也比我高。

"'文革'后，对，也就是1977年8月学校组织部找我谈话，说是教务处缺一位副处长，希望我能考虑。我婉言谢绝，又把机会让给了同事。这位同事虽然水平不如我，但工作热情高，干了几年后调到另外一所学校当上了副院长，享受的待遇比我强多了。

"1983年4月，校长亲自动员我担任工会副主席，这个级别在当时可不算低，我犹豫了半天，还是放弃了。我建议学校要多提拔年轻人。那位顶替我的副主席，现在升为主席了，享受副校级待遇，还出了三次国。

"退休时，学校老干部处还想聘我做顾问，虽然没什么级别，可也有不少实惠，我又没有接受。嗨，我从小就不愿意当官，这也怪不得别人，没办法。对于官，我不感兴趣。再说，人不能光想着自己，要把好事让给别人，你们说是不是啊？我是不是常这么说啊？"

"是，是，是……"我们连声附和，争先恐后地颂扬老师高风亮节，淡泊名利，不求闻达于处局级。老师乐了，乐得有些勉强。

老师去世时，我们这些做弟子的前去吊唁，并协助料理后事。师母告诉我们,老师临终前一再叮嘱,要求组织上在他的生平里一定要写上他不愿意为官,多次谢绝做官的经历。人事部门很为难,终未能形成文字。师母不甘,曾私下问我,治丧小组组长的职务能否由死者担任。我摇头,她叹气。

为了了却恩师的生前夙愿,我追记此事,以示缅怀。

没劲

"听说今天晚上市长要接见我们,还为我们举行欢迎酒会,这是真的吗?"乔主任听到通知后,不大相信自己的耳朵,他要亲自问问团长,他有凡事都刨根问底的恶习。

"是的,今晚六点整市长将在市政厅举办酒会欢迎我们来到这个城市,"团长一本正经地告诉乔主任,"别忘了,接见时必须穿正装。对,就是穿西服扎领带,难受也得扎!这是礼仪。"

"一定,一定!听团长的,咱大小也是个科级干部,不能给国家丢脸。再说,我长这么大,还从来没见过市长。人家这么大的官儿,还专门接见我们中国的居委会、社区主任。这在咱China,没有那个thing!"老乔觉得自己的外语是考察团里最棒的。

六点整,由来自中国的街道、居委会和居民社区主任组成的出国考察团一行十三人准时来到了市政大厅。人高马大的市长先生胸前挂着该市的徽章,斜挎着金灿灿的绶带,衣冠楚楚而又笑容可掬地站在门口与每一位中国客人握手问候,热情地欢迎尊贵的远方客人。

市政大厅装修得很考究,四面的墙上挂满油画、瓷盘和其他装饰品。餐桌上摆放着红酒和饮料,杯子晶莹剔透,在灯光的映照下显得很有格调。几个四四方方的不锈钢大盘子里，各种五颜六色的甜点拼成了有趣的图案。

市长先生站在大厅中央，再一次向全体访问团的成员表示了诚挚的欢迎。他热情地邀请大家喝酒，品尝他们精心制作的具有英国特色的各类小吃。翻译告诉各位中国客人不要客气，请随意吃喝。市长先生一手端着酒杯，一边向客人们介绍该市的历史和风情。

中国贵宾们对于那种形状奇特、色彩鲜艳、味道怪异的小食品没有兴趣，他们只是皱着眉头象征性地尝了尝，便开始议论纷纷并不断地通过翻译向市长提问。

有人问："市长的权力有多大？他是不是一个人说了算？"没等市长回答，另一位居委会主任便自作聪明地替同伴做了解释："当然有权啦，他肯定一个人说了算！"

"你怎么知道的，尽装聪明！"提问者对于同伴的多嘴很不满意。

"你弱智吧！当然市长一个人拍板了。因为他们这里没有市委书记，市长是老大，一把手。"

又有一位问市长："您一年的收入是多少？工资高吗？"

市长笑着耸了耸肩："No，没有给我发工资，一年有一点补贴，很少的。与我做清洁工的收入相比，少得可怜。"

"什么？市长做清洁工，开玩笑吧？"几乎所有的客人都以为翻译错了。

"是的，我以前做过机修工、油漆匠，但做得最长的工作是清洁工，开垃圾车。"市长认真地说。

"那您是上级任命的,还是大伙儿选举的?"

"是市民选举的。他们让我干,我才能干。"

有人憋不住了,冲着市长大声问道:"有人给您送礼吗?"

市长兴奋地答道:"有啊,你们今天不就送给了我一个指甲刀吗?我很喜欢。"

中国人哈哈大笑,说英国人真幽默。

"那您不当市长了,还有汽车楼房吗?"又有人大声问。

"当然有啦,汽车、住房都是我自己的。这跟做不做市长没关系,我过去是开垃圾清运车的,驾车技术不错。如果能取得出租车的执照,我准备做一名出租车司机,这是我的一个梦想。"

"好,各位朋友,大家提出了许多问题,市长先生都一一作了回答。在酒会开始前,很多客人要求与市长合影留念,现在可以满足大家的要求啦!"翻译向与会的考察团的成员们说。

没有出现争先恐后与市长合影的场面,这似乎有点出人预料。因为市长接见前大伙儿跟翻译央求了半天,希望能留下一张与市长大人合影的珍贵照片。要知道,在国内,作为一名居委会或社区的"小萝卜头儿",想与市长交谈、照相那是一种多么不可思议的荣耀。但此时此刻,大伙儿照相的兴致早就化为乌有了。

大家在小声嘀咕:"没意思,没什么可照的。他既没权,也没钱,整个一个摆设,跟聋子的耳朵没啥两样。我还以为他是多大的官儿呢,闹了半天,还不如我们这些村级干部。跟他照相是想沾点运气福气,弄不好他明儿个就去开出租车了,福气没沾着,别惹一身晦气。甭照了,我们还是走吧!"

出了市政大厅,人群中传出了一声长叹:"嗨,要当官儿可千万别在外国,没劲!"

没电了

我怕他，怕得要命。

如果不是处长逼着我过年必须到他家里拜年的话，我才不敢主动去呢！

不光我一个发怵见他，我猜想局里的绝大多数干部和我有同样的恐惧心理。

他是我们的老局长，已经退下来五年了。他当局长时是一个脾气暴躁、说一不二的人，跟谁都不客气，说拍桌子就拍桌子，想训谁就训谁。他丹田气足，嗓门洪亮，讲话抑扬顿挫，有板有眼，字正腔圆，句尾常缀以"啊"声，拖着长音。"那是标准地道的官腔，透着威严，"同事们背后赞美说，"是位高权重者的语音标识。"在我等小字辈的喽啰兵眼里，领导俨然一副首长的派头，居高临下，高不可攀。偶尔在办公大楼的走廊里碰见他时，下属们个个弯腰躬背地退避于侧，向他致敬。局长的脸上少有笑意，一年四季冷若冰霜。局里的干部，包括处长们没有不怵他的，极少有人敢跟他套近乎。

我的处长原先是局长的秘书，局长退休时才把他调到了我们处。由于这种特殊的关系，所以处长派我春节前去给局长拜个早年。他还特意叮嘱我，一定要代他向局长问好并替他做个解释，因为年底的工作太忙了，处长没时间亲自前往请安。我知道处长说的是真话,他的确太忙了,那天他要跟几个朋友打几圈麻将,晚上还安排了两个饭局。

处长把拜访老局长这个重要的事情交给我办,是对我的莫大信任。我既感到荣幸又觉得紧张。临行前,我又专门请示了处长,生怕有所闪失。我说,我一个科级干部恐怕没有资格去探望老领导,级别相差太远了,局长会不会跳起来抽我一耳光,然后又一脚把我踹出门去,老局长的脾气您是知道的,他好像很在意这类事情。

"怕什么?瞧你这唯唯诺诺的窝囊相,啰啰唆唆的!"处长从鼻孔里哼了一声,连眼皮都不抬,"我告诉你,你是代表我去的,怎么不够级别?再说了,你的职务比他高,你是现职科长,他呢,啥也不是,跟普通老百姓没什么两样。你有啥好怕的?他现在就像是一根被拉了闸的电线,懂吗?电线还是那根电线,但早就没电啦!你可以随便摸,不会触电的!傻瓜!"

"可是,仅送一个水果篮,是不是礼轻了点?"我仍没把握。

"那就不错啦,这已经超标了!你懂不懂?真是书呆子,长个猪脑袋。局里年底看望老同志的标准是五十块钱,咱那果篮花了七十块钱,你会不会算账啊?快去吧,别烦我了!"处长摆了摆手把我轰出了办公室。

我只好硬着头皮拎着水果去看望老局长。一路上我心里七上八下,忐忑不安,因为老局长很讲究排场和礼数。就他那性格,我敢肯定地说,只要他扫一眼这点破水果再瞅一下我这个无名之辈,绝对会火冒三丈暴跳如雷,不把我打出去才怪呢!

我觉得自己很倒霉,让处长给涮了。十年前,也就是局长退休的前五年,他的小儿子结婚,前去贺喜的人在他家门口排起了长队。局长事先早就说了,他儿子结婚不办宴席,不接受下属的贺礼。他只是要把家里的重大事情向组织上报告一下而已,这是纪律。但同事们还是不听招呼,他们找了个折中的办法!光送礼,不吃饭。所以,那一次,局长家的防盗门只开了个小缝,多数前去道喜的人,只好顺着门缝把一个个红包、信封递进去便扭头就走。我那时刚毕业分到局里工作,也随大流地跟着同事们去凑热闹,想讨一杯喜酒喝。我精心挑选了一对漂亮的玻璃瓶,没承想让局长给扔了出去,摔得粉碎。他向我吼道:"少来这一套,我从不收礼!"

如今我又拎着果篮来惹他生气了,这不是自讨没趣吗?那结果真是不堪设想。

我透过车窗,远远地就看到老局长站在楼门口凛冽的寒风中。不知是激动还是畏惧,我下车时绊了一跤,差一点跪在了老局长的面前。他疾步迎上前来,紧紧地握着我的双手,两眼闪着泪花。他说我已恭候多时了,真盼着你能早点儿来,刚才电话一放下,我就下楼等着你啦!

他热情地拉着我的手,招呼我在客厅的沙发上坐下,又兴奋地为我倒上了一杯热乎乎的茶水。他说你们工作那么忙还来看我,真是过意不去。瞧,还送水果给我,太破费了。他顺手拉过了一把马扎,坐到了我的对面。我起身让他坐在沙发上,他说什么也不肯。

我仔细地端详了老局长的面孔,心里小心翼翼地试探着触摸摆在我面前这根粗大的"电线"。他身体依然健壮，只是少了些许头发，多了几条皱纹。从外表上看，他跟当年的局长没什么两样，但说话的声调口气柔和了，脸上的表情神态慈祥了，一举一动都与五年前判若两人。也许处长说得对，他真的没电了。

老局长深情地回忆起在局里工作的美好时光，并认真地向我"汇报"了他退休后的生活细节。我的心情从紧张惧怕转变为轻松自信了，不时地插话鼓励他几句，结尾处不知不觉地增加了一个很有力度的"啊"声。临别时，我还下意识地拍了拍老局长的肩膀，希望他能继续发挥余热，多为人民做贡献。老领导频频点头，嘴里连续说了好几个"是、是、是"。

坐在车上，我突然觉得浑身发热。我深深地意识到我自己也是根电线，虽然很细很细，但它是通着电的，而且在老局长眼里，我这根电线的电量很足。

幸福百分百

所到之处的社区居委会办公条件堪称一流，会议室的墙壁上挂满了奖状、锦旗以及各种规章制度、标语口号和便民服务措施等。居委会的负责人几乎全都是中年女性，且一律面带笑容热情好客，不停地劝专家们喝茶、吃水果、嗑瓜子。

·幸福百分百·

受一个半官方组织的委托,由五十多位专业人士组成的课题组要展开一项关于老年人幸福感问题的专项调研。委托方是一个全国性的协会,承担者则是大学里的教授、副教授、讲师以及他们的研究生们。

此项调查的目的是为了及时而准确地了解城市人口中的老龄人当下的生活状况,进而为政策制定者提供第一手真实材料,作为他们的决策依据,提高其解决问题的针对性。"摸清情况是科学决策的第一步。"委托方的负责人反复强调这一点,他说这句话时声音极其诚恳,标准的"语重心长"。

调研组根据委托者的要求,认真仔细地商定调查的方法。数以亿计的老年人分布在城市与乡村,普查是力不从心的,况且调查的经费十分有限,只能采取抽查的办法来完成。为方便取样,他们决定选取四个大城市中的二十个社区来进行,每个社区随机选取十位老人,登门访谈,以获取最真实的信息。

小组分兵四路,奔赴四大城市。有一个难题摆在了课题组的面前:没有上级主管部门的介绍信或口头通知,社区居委会对于课题组均不予以接待。于是,他们分别去居委会的上级部门——街道办事处去请求帮助,而街道办事处则要求专家们去找更上级的领导批示。区里又请示了市里的民政部门,最后花了一周的时间，才把关系理顺，手续补齐。

教授、副教授们带领的调查小组试图在每个城市随机抽取五个社区展开工作，但市里说你们人生地不熟的，连居委会的名字都说不上来，这等于瞎子摸象。我们也搞不清社区居委会的分布，不如推荐一个区你们找他们联系为好。

区里热情地接待了他们。相关领导在听取了调查小组的意见后同样认为这个思路有问题。因为有的街道的领导办事拖拉或公务繁忙，不一定能接待好调查组。于是，区里指定了几个办事能力相对较强的办事处负责协助调查组的工作。出于同样的考虑，街道办事处又把调查组的专家们引荐给了工作成绩突出的社区居委会。一切都顺理成章。

居委会冲着上级的面子和信任，殷勤周到地接待远方而来的客人。

所到之处的社区居委会办公条件堪称一流，会议室的墙壁上挂满了奖状、锦旗以及各种规章制度、标语口号和便民服务措施等。居委会的负责人几乎全都是中年女性，且一律面带笑容热情好客，不停地劝专家们喝茶、吃水果、嗑瓜子。

当得知调查组的意图后，她们纷纷表示要积极配合："没问题，别说找十位老头老太太，就要找二十、三十位也不费吹灰之力，你们不必辛苦了，我们把他们喊来就行了。"

当调查组的师生们说，"我们想采取走门串户的方式，进行个别访谈"时，居委会的主任还是满腔热忱地表示："那更没问题，我给你们带路，陪你们去一家一家地访谈。"

调查组的几个人小声交换了一下意见，认为这种调查方式不一定能了解到真实的情况，就婉拒了居委会干部们的好意，坚持自己入户访问。

"那怎么行呢？"居委会主任显然不同意这种做法，"你们又不知道他们姓甚名谁，住在哪楼哪号，两眼一抹黑地误打误撞，弄不好让人当成坏人了呢！这法子不行。"

"您能把社区老人的花名册给我们看看吗？我们想做非概率抽样。"带队的教授提议道。

"啥？您说啥，非啥抽样？"居委会主任没听过这个说法。

"噢，就是我们想从老年人花名册上随便选十个人，然后去访谈，您觉得怎样？"教授解释说。

"那敢情好！"主任让工作人员很快找出了一个硬皮夹子，翻开后摊到教授面前，"您自己瞧吧，社区的老头、老太太全在这里了，你们自己选吧。"

于是，调查组的师生们围在一起，指指点点地选定了十位老人的名字。

"噢，这个人不行，早就老糊涂了，就是老年痴呆了。连老婆都不认识了。没法回答你们的问题。这个胡老太也不成，大小便失禁，床上拉屎撒尿的，那屋子根本就进不去人，比公共厕所还臭呢！还有这个曲老头儿也说不了话，他年轻时就哑巴了，耳朵聋得连煤气罐爆炸了也听不见，去年差一点被炸死。这个霍大爷更不成，早就不住在这儿了，他让儿子儿媳撵走了，那间两居室的房子生生被儿子霸占了。这几个也没选对，一个去年冬天煤气中毒死在家里，开了春才被发现，尸体都腐烂了，还有一个是上个月下楼时不小心摔死的，这两个人的户口怎么还没销掉呢？应该从花名册上涂掉的。小王你也太马虎了。还有这位就喜欢拣垃圾，天天睡在垃圾堆里，你们根本就找不着他……还是我们帮你们选吧，这不怪你们，你们是外人，不像我们熟悉情况，对他们我们可关心啦！"

调查组又重新选了几个，还是有这样那样的问题不适合访谈。

最后，只能按照居委会的建议，确定了十个人的名字，调查组的成员一一登门做了调查。

这十位老人的身体健康状况都很好，而且精神状态也很积极，他们个个对晚年的生活都相当满意，幸福感溢于言表，并不断夸奖现行的老年人优待政策以及各级政府特别是社区居委会无微不至的关怀。

四路调查小组分别汇总了调查情况，在科学分析的基础上得出的结论是：城市老年人的幸福感是百分之百。

·幸福生活·

听了心理专家的讲座之后,我和太太才知道自己的生活出现了问题。

我们目前的生活很不幸福,如果不是心理专家苦口婆心地替我们分析论证,我们两口子还一直蒙在鼓里。原以为自己多幸福呢,实际上我们是自欺欺人,我们生活得一团糟,简直到了忍无可忍的程度。

从听了心理学讲座的那天起,我和太太就花了好几个晚上讨论什么是幸福以及怎样才能幸福的问题。太太从来没有像现在这样与我保持高度一致,我们双方均认为应该按照心理学专家的意见,去努力改变现状,过上真正的幸福生活。

首先,心理专家告诉我们,幸福是一种主观感觉,幸福在于被感知。我和太太想方设法去找幸福感,比如说,吃糖的时候,我们有意识地把甜的感觉理解为幸福。"好甜哇,真幸福!"我太太带头喊出来,她的情绪感染了我,我觉得真有点体会到了专家所说的"正向快乐"。那些日子,我们一天至少要消耗二斤糖,直到体检查出了我的血糖超标为止。

其次,心理学家告诉我们幸福在于比较。"忆苦思甜"法真灵,想想过去的苦日子,我们今天的幸福可了不得。成吉思汗看过电视吗?没有,他只知道"弯弓射大雕"。慈禧太后老佛爷玩过电脑吗？也没有。上小学时，我每天爬三十里的山路，如今出门就坐车，两条腿闲着跟阑尾似的早晚得退化掉。我太太上中学时，为了抵御刺骨的寒风偷偷花三毛钱买了个口罩，差一点被她爸爸（也就是我的岳父）把她的牙齿统统砸掉，现在整天抹那些一不挡风二不保暖的口红，仅此一项花费就足够养几头老母猪了。我们躺在床上，比赛似的争先恐后地回忆过去悲惨的日子，幸福感油然而生。有几次，我俩幸福得抱头大哭，以至于惊动了街坊四邻。当他们得知我们是因幸福而哭时，个个满脸诧异地走开了，并再也不与我们主动打招呼了。幸福会引起别人的嫉妒，我们这段时间深有体会。

我们实实在在地幸福了一段时间之后，开始发现幸福的后劲不足，不能可持续发展。于是，我们又专程登门向那位心理专家讨教，专家又一次给我们指点迷津，他教给我们获得幸福的最后一招。他说，按这一妙方，我们将获得永远的幸福——奉献与施舍。

我和太太决定不折不扣地按照心理专家的教导办。我们先收养了一位在马路上乞讨的"孤儿"，没过几天"孤儿"的兄弟姐妹云集于此，再过几天"孤儿"的父母亲戚在这里团聚。我和太太先从卧室搬到客厅，又从客厅住进厕所，最后从厕所流浪街头，幸福一直伴随着我们。

如今，你或许能见到我们。在桥洞底下或者在马路边的树丛里，随便什么地方。我们想继续保持幸福的心态，过些日子，我和太太准备各捐一个肾，以后再陆续捐出其他别人能用的器官，幸福的生活会一直伴随着我们。

·借钱·

大夫说,这个病得住院治疗。大夫又说,要住院需先交两万块钱押金。这不能商量。

老婆躺在医院走廊里的长椅上,疼得满脸流汗。护士来来回回地吆喝着,让我们把椅子腾出来。我头都大了,一边强颜欢笑地安慰老婆,一边点头哈腰地哀求护士,心里盘算着那吓死人的两万块钱。

救人要紧,我横下心来,让老婆躺在椅子上坚持一会儿,我赶快想办法去凑钱。

借,向谁借?厂子倒闭了,工资都欠着,哪里有闲钱预备着。

我先去找同事。不行,他刚买了房子,还贷着款呢!他说,如果你不嫌少,我兜里还真有一块钱,你先拿着用吧!我谢谢他的好意,要凑足住院费,我至少要找到一万多个像他这样大方的人才行,问题是时间不等我呢!

我瞄准了同学。我有一位中学同学搞房地产发了财,他手里不会紧张。那位同学告诉我,他最近炒股被套住了,损失惨重,他本打算跳楼,又担心家里付不起丧葬费,只好忍着先活着,钱他已经有些日子没见过什么样了。

我又扑向了战友。我有一位很要好的战友这些年发了大财，开起了饭店，玩上了"宝马"车。没等我开口，战友先抢过话头，说我正到处找你呢，我最近手头紧，资金周转不开，正想找你借点钱救救急。我吓得撒腿就跑，他在后面哈哈大笑。

天无绝人之路。我脑袋里浮现出我那表侄子的可爱形象。他可是从小吃百家饭长大的，在我家里寄住了两三年。这小子走南闯北了好些年，做了不少笔大生意，除了钱没别的。

听完了我上气不接下气的哭诉，表侄急着劝慰我。这孩子真有出息，也讲义气。他说，叔啊，这才多大点事儿，不就两万块钱吗，救命要紧，给你，你拿着。

哈，崭新的两捆钱摆在我的面前。"太谢谢你了。关键时刻还是得靠亲戚。亲不亲，血缘分，打断骨头还连着筋。"我双手颤抖着，差一点给他跪下了。

我说，我给你写张欠条吧。他说，那也好，免得叔叔到时候多还我。我哆哆嗦嗦地拿起笔，嘴里保证说，就按百分之十的年息算，绝不白用你的钱。侄子笑了，说我就知道叔叔是个讲究的人，做小辈的也不好不听话，就按您说的办吧。

写完了欠条，我唯恐他失望，又赶紧从兜里掏出仅有的两千块钱，这利息我先还了。叔叔保证不失言，我就是卖血卖肾也不会赖账。

侄子说，叔啊，别客气了。你快去医院吧，那两万块钱用不用数数？

不用了，我还信不过侄子你吗？我揣上钱撒野似的往医院赶。

收款台坐着的那位小姐一脸横肉,她把钱一张张反反复复地看了又看,照了又照。"假钞!全是假钞!"她喊了一嗓子。

我恨不得把她的脸揍成肉饼。保安和警察把我关在了一间小屋子里,审得我头晕目眩。我表侄子也来了,他说,叔啊,要是还不起就算了,何必坑害我呢!

我气得发了疯,用头拼命撞墙。等我恢复了知觉,我已经在拘留所里住了三天,半个月后我被放出来,老婆也早就火化了。

警察再也没找我的麻烦。只是我那"讲义气"的表侄子三天两头吓唬我,他手里攥着欠条在我眼前晃,催着我去卖血卖肾好还他那两万块钱。

·买邻居·

按照房地产开发商的说法,现代人的居家理念应彻底改变,买房子主要是买环境、买邻居。环境优美,邻居高贵,自然能提升人的品位和房子的价格。开发商要赚钱,消费者要改善居住条件,二者不谋而合——寻找好邻居,达到双赢。

我对买房子就是买邻居的主张格外拥护,并费了很多唾沫说服劝诱我那观念守旧死不开窍的老婆。为了让她搬家,我从"孟母三迁"的典故说起,整整用了一个月的工夫,把嘴皮子愣是磨破了,终于让她相信拥有一个好邻居简直就是一笔财富,当然是无形资产。不像我现在的这些邻居,一个个蓬头垢面,贼眉鼠眼,与他们为伍,八辈子也不会成为受人尊重的名流。

我开始寻找有好邻居的住宅。什么是好邻居呢?当然是有名望的人物。我和老婆最大的理想是选择一处前后左右分别住着著名歌唱家、作家、科学家和公安局长这种邻居的地方。我希望我女儿的哑嗓子能在歌唱家免费的歌声熏陶下发出悦耳动听的声音。我们还打算她能与著名作家的儿子交往,说不定会得到作家的亲自指导,用不了多久就会在某项全国作文大奖赛中脱颖而出。科学家邻居肯定是位热心人而且独具慧眼,只要经他一点拨,我孩子就会茅塞顿开,大彻大悟。到那时,看我怎么教训她的数学老师。他有一次竟敢当着全班同学的面,骂我女儿是个白痴,还断定她是父母近亲结婚的产物。至于选择公安局长做邻居,这个道理我不说别人也会知道,图个安全呗。与这种有权有势的人物做邻居,谁还敢碰咱,连防盗门都不用安。没准儿,有人送礼认错了门儿,我们还能白捞个意外之财呢!

我跑遍了名人住宅,四处打听歌唱家、作家、科学家和公安局长的住址。呸,没人肯告诉我们。有人还说我得了脑炎,应该找个医生当邻居。乍一听,我觉得挺有道理,后来一琢磨,敢情是骂我。我是得过脑炎,那是小时候的事儿。现在的我,智商早超出了一般人,哪个不服气,比比看到底谁的钱多。呸!

我终于找到了一处叫做"名人豪居"的住宅住了下来,虽然周围的房子还都空着,我相信,用不了多长时间,歌唱家、名作家、科学家和公安局长就会搬过来。

不到一个月,我隔壁的那套房子就有人入住了。打眼一看,就知道是位知名人士,但说不准是艺术界还是科学界的。只要他或她一练嗓子,我保准儿能区别出来。

果然不出我所料,这位邻居是位音乐家,从进住的当天起,他家白天黑夜都开着音响,那声音把我家客厅新安装的吊顶灯都给震下来了。

我很想结识这位邻居,但一直没见他出门,贸然拜访又怕人笑话。正当我在屋子里想辙的时候,门铃响了,我一开门,正是我那位名流邻居,我赶紧把他迎进客厅。没等我开口,邻居便问,您是导演吧?噢,不,不……那您是作家吗?噢,不,不……那您肯定是歌唱家或者市长喽!不,不……您别客气,邻居从兜里掏出个精美的笔记本,不管您是什么家,都请您帮我签个名。我儿子就是冲着这里住着的邻居都是名人才逼着我买下这座房子的……呸,我把他赶了出去。

后来,我周围的那几间空房子都搬进了住户。我家的门铃被按响了许多次,每一次都是让我签名。我无法满足他们的要求。最亏的是我,我本想在我的名片上印上××名人之邻居的字样,但至今未能实现。

保险

我得承认，尽管在许多事情上我常常采取不懂装懂的态度，但对于现代高度发达的保险业我真的是一窍不通。

"保险是保你有风险、有危险。"我的一位弱智的朋友曾一脸严肃地向我道出了保险真谛。他的这种说法如果让哪一家保险公司知道的话，管保雇人揍他一个晕头转向。我比他精，其实我心里对保险的理解一度与这位朋友的想法类似，只是我保了"嘴险"，没像他那样到处胡咧咧而已。

对保险的精深理论和重大意义我虽然一无所知，但保险推销员我可是见多了，这其中还不包括朋友中潜伏着的目前还未暴露身份的保险特务。

想躲过保险公司推销人员或者宣传人员的纠缠和关心，真是比登天还难。

走到街上你会被一位小姐的迷人笑容绊住脚步，那笑容可能就是"险单"。坐在飞机、火车、轮船上主动与你打招呼、帮你拎包裹的，十有八九是保险推销高手。躺在家里的床上，刚想打个盹，如果被一阵紧似一阵的砸门声惊醒了，那大多是推销防盗险的专业人员干的。至于在饭馆、餐厅、旅店、浴室、厕所里，你随便喊一声"我要买保险"，天哪，蜂拥而上的全是这号一心一意为你好的人。

保险肯定是利国利民又利己的大好事,凭直觉我就敢这么说。不光我这么说,就连我最信赖的铁哥们儿大瓜也是持这样的看法。

大瓜是我从小学到大学的同学,我们俩好得经常穿一条裤子——我指的是游泳裤。大瓜是一个极端诚实的人,有时候我说个什么事谁要是不相信,我就以大瓜的人格担保,那别人就没有任何疑义了。大瓜虽然有点傻,但几乎所有认识他的人都把他当做诚实的化身。

我第一次买保险就是大瓜建议的。

他说,我们公司有个哥们儿真是走运,前天刚买了意外伤害保险,昨天就让车撞死了,赚了一笔。

我羡慕得要死,于是也上了意外险。

他又说,我家隔壁买了火灾保险没出一个月,家里着火了,烧得一干二净,真他妈的走运,现在住上了新房子,家具全换成进口的了。

我嫉妒得要命,于是也买了火险。

他还说……反正他常跟我讲一些令人心动的故事。每说一次,我就买一种保险。到目前为止,从财产、生命一直到老婆、孩子,还有自己的左手、右手、脖子、大腿、牙齿、眼睛、前列腺等等,只要可以投保的,我全买了保险。大瓜告诉我,他也和我一样,全都保了险。对了,他比我多保了一份,那就是前妻的乳房。

我没有大瓜那么幸运。我等了好几年也没发生一起值得向保险公司索赔的意外。没撞过车,没着过火,没丢过东西,就连牙都没被硌过,我以前买的保险算白糟蹋了。大瓜算得上如愿以偿了。前天他游泳时终于淹死了。我从心里为他高兴,他早就盼着这一天了。

不幸的是,大瓜从来没买过任何保险,他骗了我。另一位同学告诉我,大瓜在保险公司干了好几年了。这我还真不知道,我一直以为大瓜在一家福利院工作呢,我记得大瓜就是这么说的。我为大瓜难过。

还好,保险公司赔了我一条崭新的游泳裤,因为大瓜游泳时穿的那条裤衩是向我借的。

·我的理财经历·

星期天的上午,我准备去银行存上两万元钱。银行星期日也不休息,我替他们感到辛苦。

那家银行离我的住宅区很近,但我从未进去过。当然,别的银行我也没去过。凡涉及家里的金融事务,均由我老婆统一打理,她就是我的银行。这两万块钱是我多年的私人积蓄,属于"私房钱",又称"男人的小金库",不在预算之内,因而她并不知道。

其实我对银行一直不太信任,自从美国华尔街那些银行家们差一点把全世界的钱都塞进自己的腰包后,我越发对他们心存戒备了。大量舍不得花钱的穷人把钱借给舍得花钱的富人,这大概就是银行全部业务的秘密。穷人攒钱,富人花钱。穷人存款,富人贷款。存款的人多,贷款的人少。穷人说到底就是那些节衣缩食攒钱给少数富人花的多数人。没办法,人性就是如此,天生的,与制度无关,也怨不得银行。我邻居一曹姓毛头小伙子,连"小九九"都背不顺溜,照样在银行谋了个好差事,光"过节费"一项就超过我全年的收入,人家命好。头发梳得油光锃亮,这小家伙从小就常敲门跟我借东西,毛巾、菜盘、椅子、光碟、油盐酱醋、啤酒、手纸、挂面等都借过,除了那把椅子被我强行抢回来外,其他都没还给我。我对银行不信任,不把余钱存在那里,多少和姓曹的小子有点关系。

当然,这都不是主要原因。因为我的工资卡一直攥在老婆手里,我同事中的男人大多数与我一样,都把老婆视为"行长"。家庭银行条件更苛刻:只准存,不准取!真正的霸王条款。

我为什么又下定决心把两万元钱悉数存入我并无好感的银行呢?一是邻居小曹调走了,二是同事老赵家被盗,他多年从牙缝里抠出来的那点私房钱都让小偷一扫而光,所以我决定把钱存入银行。

于是,我选了个黄道吉日(那天正好是星期天)偷偷地钻进银行营业大厅——这主要是怕老婆发现,编了个瞎话,绕了个大弯子才进去的。当然,我是昂首挺胸、大摇大摆地"偷偷"跨入大厅的。银行这种地方很势利,嫌贫爱富,我不能让他们小瞧我,我不仅在头发上抹了油,还往腋下洒了几滴香水,明眼人一看就知道我是个腰包不瘪的殷实白领。我读过加拿大作家里科克写的一篇小说,笑死人了,那家伙跟我一样也想去银行存点钱,可一走进银行就慌了手脚,变成了没头没脑的傻子,惹得大家哄堂大笑。我可不能丢人现眼,我是有备而来的。在正式存款之前,我事先早就踩过点了,弄懂了基本程序,省得让人笑话。

我就这样大摇大摆地走到了一个窗口前,像是经常出入银行的大款般把鼓鼓囊囊的信封口袋"啪"的一声扔进玻璃洞口下的不锈钢凹槽内。

"几号?喊你了吗?"柜台内的一位小姐皱着眉头丢了我

一句。

"什么几号？"我脑袋有点晕。

"去，去，去，到那边取号去！按号排队，喊你再过来。"她边说边拿起一个小化妆镜，照着描眼影。

我只好去取了个号，坐在空荡荡的大厅里等她叫我。那天人格外少，用不着排队。

"4号"，过了二十多分钟，扩音器传出了喊声。

"来了，到！"我赶紧朝小窗口奔去。

"你是缴煤气费，还是缴违章罚款？"她头也不抬地问我。

"什么？噢，我是来存钱的。"我满脸堆笑，掏出纸巾擦着脸上的汗。

"存款在隔壁的窗口！"她没好气地瞪了我一眼。

我想发火，但还是压了下去，"注意素质"，我在心里告诫自己。

隔着的那个窗口里面，坐着位小伙子，头发梳得很亮，穿着藏蓝色西服，领带很鲜艳，我仔细打量了一下，不是小曹。

"存款是吧？存什么款？"他侧脸问我，态度比刚才那位姑娘好多了。

"存人民币。"

"我知道存人民币，美元欧元你也得有啊！我是问你怎么存，活期还是死期？"他的口气变硬了。

"存钱还讲死活？"

"这不是废话吗？活期是随时可取。死期又叫定期，存三个月、半年、一年、两年、十年都可以，到期才能取！"

"那就活期吧，随时能取，方便！"我声音有点颤。

"存活期不如你揣在自己兜里，想花就花，存我这儿取起来不够添麻烦的，又没多少利息。"他摆了摆手。

"那就定期吧，利息多少？"

"也没多少，还得交利息税。要我说你不如买点理财基金，利息高多了。"

"那好，听你的，我买理财基金。"

"别听我的，你自己定，买吗？"

"买，买。"我赶紧把信封掏出来递过去。

"你得先填单子。"他把一大沓表格和信封一并推给我。

我趴在柜台上，懵头懵脑地填了好一阵子，末了问了句："买基金保险吗，会不会赔了？"

"那可说不好，一般不会的。"他答。

我脸上的汗水又淌下了，我摸摸口袋，纸巾全用完了，只好尴尬地用袖子擦着脸。

"那，那，那，那还是算了，我不买理财基金了，真对不起。"我的嗓子眼干涩热辣。

"你到底有没有个准主意？真是瞎耽误工夫。"他一把夺走我手里那沓表格，刷刷刷地撕成了碎片，一甩手扔进他柜台下的垃圾桶里。"噢，对了，买保险基金最保险，你买不买？"他说。

"银行也卖保险？"

"卖，跟存款一样。利息照付，如果你遇到了意外伤害，还能获得一大笔赔偿。到期连本带息全给你。这个产品是新开发的，我看比较适合像你这样胆小谨慎又想赚钱的人。"小伙子笑了笑。

"那好，那好，就听你的。"我两腿有些发抖，脑袋更晕了。

接下来，我又按照小伙子的指点，填了更厚的一堆表格，终于办妥了我的全部业务。我从心底里吐了口气，走出银行大门时，恨不能狂喊几声。

自从我买了这份保险基金后，隔三差五总能收到保险基金公司的温馨短信。"尊敬的客户"是他们一贯的称呼，接下来便是提醒我今天下雨，别滑倒了摔死，下雪了别冻死、游泳时别淹死、喝水别呛死、喝酒别醉死、吃饭别噎死、吃鱼别卡死、走路别让车撞死、加班别累死……这些善意的提醒，把我搅得心绪烦乱，不管干啥，心里总没有底儿。

我实在忍受不了了，就去银行申请退保，银行并没有刁难我，只是再让我填一堆表格。然后经过复杂的计算告诉我，退还给你八千块钱。"天哪，我存的是两万，怎么半年就变成了八千？"我控制不住情绪，提高了嗓门。

"你嚷嚷啥？这是规定，你买保险时这些条款你是看过的，瞧，这上面还有你的签字呢！"

"不是比存款利息还高吗？你说的到期连本带息一起付，这怎么反而少了呢？"我快哭了。

"不是没到期吗，这保险是十年期的，按理说这八千块钱也不该给你。我们这半年光是温馨提示短信就给你发了上千条，服务费还没算呢！"

不提那些短信还好，我实在受不了那些温馨短信提示了。"退！"我宁可损失一万二，也不想再天天收到那些诅咒式的祝福了。

走出银行的那一刻，我立刻感受到了生活的美好。

从那时起，我只收到一条"温馨提示"：尊敬的客户，谢谢您光临本行。不管是赔是赚，都要笑对明天，不要因为赔钱而气死。

·家乡的讯息·

　　临行前，父亲反复叮嘱我一定要想办法在完成公务之后，挤点时间替他到故乡——一座美丽的北方小城市——转一圈，看一看他小时候上学走过的路、钓鱼去过的河和玩耍爬过的山，以及童年熟悉的街景。

　　他说："城东头斜街有一家孙大娘梨膏铺子，那味道能把人的魂儿给勾出来。要是那家店还在，你帮我捎两块梨膏回来。孙大娘有个小女儿，长得水灵，跟我同岁……"

　　"爸，我得走了！"我赶紧打断他的话，怕他提出新的要求，让我把他当年眼中的"美女"也顺便带上。

　　五十一年前，我的父亲跟着他的父亲逃荒跑错了方向，流落到了遥远的西南边陲。爷爷曾告诉我：若不逃荒，你爸爸就会被活活饿死。那几年闹饥荒，老百姓叫"三两六"（城市居民每天只能供应三两六钱的粮食），饿死了不少人。后来听说那叫"三年自然灾害"，全国都一样。幸亏我把你爸带出来了，接着又闹动乱，"文化大革命"，造反派抓人打人批斗人，咱家出身不好，就算没饿死，也得被打死斗死。

　　爷爷为了证明自己当初的英明正确，总跟我讲一些匪夷所思的故事。我父亲不像我爷爷那么多话，他的历史记忆仅限于童年。他八岁离开了家乡，只觉得随他父亲逃难的路上惊险艰苦，九死一生，心里充满了恐惧和刺激。爷爷死后，父亲偶尔会跟我讲起家乡的美，并对爷爷当初的选择时有质疑。每当听到家乡的消息，他便支棱起耳朵，生怕漏掉一个字。他说，还是留在家乡好，混在异地，没根儿没底儿，心里空荡荡的。听说现在老家的日子富裕了，到处都是高楼大厦，吃穿不愁，要啥有啥。我们虽说日子过得也不错，有时想想也不是个滋味儿。他常说人越老越想家，没办法。

尤其是这几年，父亲的健康状况一天不如一天，咳嗽哮喘，经常躺在床上骂东骂西，骂得最多的是走私贩毒与拐卖妇女儿童案件。有一次在电视上看到一则当地新闻，气得他把矿泉水瓶子砸到了电视机上："这是他娘的什么鬼地方，大白天也有人抢劫。在我们老家根本就不会有这种事儿，东西放在路上都不会丢。"他恨自己的身体不争气，因为他一直打算移居家乡，至少是回到童年的出生地去看一看或住些日子。

办完了公务，我正好有一整天的空当。我买了张机票，要替父亲回一趟家乡。

机场准时办理登机手续，这让我颇感意外。这几天飞了几次，总是晚点，这次能准点，我就觉着不正常了。等关上了舱门，飞机却迟迟不肯起飞。乘务长一会儿解释说是因为天气的原因，一会儿又告诉你是空中交通繁忙，不管怎么说，飞机就是原地不动。过了两个小时，飞机开始缓缓滑行，乘客们急躁的情绪和缓下来。滑行了一段，飞机又停下了，乘客们叫叫嚷嚷了一阵，飞机又往前动了动，接着又停了，吵闹声又响起来了，飞机又动了几米……在走走停停之间，两个小时过去了。

我坐在后舱靠窗的座位上，无所事事地翻看着机上的读物。当地的一份《今日晚报》帮我打发了难熬的时光。晚报共有32版，很厚的一摞。除第一版报道国际和国内政治要闻外，剩下的全部是地方新闻以及各种广告等。我在报纸上读到了父亲家乡城市前一天（少量前几天）发生的新鲜事儿：

"昨夜，滨海风景区的一家化工厂突然起火，截至记者发稿时，大火仍在扑救……领导高度重视，第一时间……"

"今晨朝阳路一住宅区内煤气管道发生爆炸，死3人，伤78人，其中43人伤势严重……领导高度重视，第一时间……"

"今日零时许，幸福街一家银行储蓄所遭抢，嫌犯正在追捕中……"

"昨天中午，王家小学学生集体食物中毒，200余名小学生全部住院抢救……领导高度重视，第一时间……"

"一费姓老太，今天下午2时许在ATM机取钱时被一蒙面男青年抢劫并刺伤……"

"机场昨日50架次航班因故延误，滞留机场数千乘客，他们情绪激动，冲击机场大厅，砸毁公物……领导高度重视，第一时间……"

"地沟油疑流进幼儿园，部分家长聚集市政府门前讨说法……"

"社区连环奸杀少女案告破……嫌犯两月内作案13起……"

"因兄弟酒后反目，弟弟竟杀死兄嫂并纵火烧房子殃及邻居……"

"昨日傍晚，一少年醉驾宝马，连撞6人（两人当场死亡），自称'我爸是局长'……"

"企业超标排放，污水毒死千亩鱼苗……"

"近日数千游客集体投诉，状告旅行社宰客没商量……"

"一年老妇女，因无照摆摊销售梨膏，被城管轰赶摔成重伤……"

…………

凡此种种，内容十分丰富。至于喝假酒致盲、吃假药致死的消息更是随处可见。

飞机又开回了停机坪，经过前后6个多小时的"耐心等待"，终于得到了确切消息：机长十分抱歉地通知大家，因目的地机场大雾，飞机无法降落，只能改为明日起飞。乘客们骂骂咧咧地从机上下来，踢翻了甬道两侧的垃圾桶。

很遗憾，我不得不放弃家乡之行。我本想要求航空公司把机票钱退还给我，但手续过于复杂，一时根本无法办妥，只好自认倒霉了。好在我手里攥着那份故乡的《今日晚报》，带回去给父亲看看，他一定会很高兴的。

·乔迁之悲·

　　油菜花盛开的季节，田野涂上了一层耀眼的金色。在黄灿灿的日子里，罗天宏兴冲冲地忙活着把父母搬进海滨城市。

　　二十多年前，罗天宏就向父母拍着胸脯夸下海口，两年后用打工赚的钱，一定在依山傍水的海滨城市买一处面朝大海的楼房，让父母住在宽敞亮堂的公寓里，凭窗远眺那潮起潮落，尽情呼吸大海的气息，找回童年梦幻般的记忆。

　　儿子至今仍能清晰地浮现出那个艳阳高照的晌午，爸妈的眼里闪着泪花，他俩不约而同地颤颤地点着头，仿佛已经远远地看到了那幢临海而建的高楼。爸爸说：不急，两年赚的钱不够，咱就三年四年。妈妈说：五年六年也行。你别为了攒钱买房子苦了自己，该吃吃，该穿穿。咱把乡下现在住的这个大房子卖了凑一凑，说啥也能买上一间小房子，我和你爸两人住，用不着面积太大，人老了，收拾屋子也嫌累。

　　罗天宏临走时还叮嘱父母，这两年不要置办新的家当了，省得搬家时麻烦，扔了舍不得，搬到城市又没用，白花了运费。爸妈又异口同声说：是，是，是，放心吧，不再添新家具了，现有的这些破家什将就着够使了。我俩都是小学教师还有点退休金，都攒着，等买新房时凑到一起。儿子在日头偏西时向父母挥挥手，坐上了开往县里的汽车，他要从那里转乘火车,去往那个遥远的海滨城市。

罗天宏在一家挺不错的小公司上班,负责销售家用小电器,除了少量基本工资外,还有销售提成,公司会根据他的销售额给他一定数量的奖励。他与另外七个小伙子合租一间集体宿舍,上下铺分开,一人一张床,虽然挤了点,空气中弥漫着脚臭和汗味,但罗天宏晚上躺在床上想着那推开窗户就能吹到凉爽海风的单元房,心里就涌起一股股甜美的兴奋。他每隔一段时间,就躲在被窝里计算一番自己银行里的存款以及手头的零用钱,那数字每月都在攀升。

休息的时候,罗天宏便会去海边四处转悠,看一看新建的楼盘。两年过去了,沿着海岸线矗立起越来越多新的住宅区,有宽敞的别墅区,也有密集的公寓房。路过别墅区他只是远远地望一眼,他知道那些地方只属于富人,与自己无关。他细心打听着房价的高低涨落,心里估摸着替父母选择房子的大小和朝向。若按当时的实力,罗天宏完全可以买到一套离海稍远、位置稍偏、面积稍小的普通居民住房。然而,罗天宏不甘心,他想再等一年,再攒两万块钱,那样就能让父亲躲开前面的遮挡,离海更近一点,说不定能在寂静的深夜里隐隐约约听到大海的涛声,至少可以在晴朗的天空下看到高飞的海鸟。等一等,工资还会涨,房价还会降。他下定了决心再等上一年。

父母一直在老家期盼着与儿子团聚于自己少儿时代生活过的城市。这老两口年轻时一同怀揣着红红的梦想,远赴异地他乡当乡村教师。他们是在一起观看前苏联的黑白故事影片《乡村女教师》之后而变得热血沸腾、浑身战栗的。在此后的三十多年间,他俩始终相互扶持,攀爬于山区小学的羊肠小道,双脚沾满了岁月的泥巴。到了退休的年龄,俩人急切地渴望着能在故乡海风的吹拂下安度晚年时光。老两口省吃俭用地算计着每天的花销,把微薄的工资一点一点攒起来,汇到儿子的储蓄账号,为梦中的新房添砖加瓦。

过了一年,罗天宏手头的积蓄增加了一截,心里却凉了半截。房价上涨的幅度超过了他存款的数额。不仅买不到离海更近、朝向更好、面积更大的海景房,就连上一年没看上的稍差一点的房子也买不起了。他沮丧、郁闷了好些日子,只好再加班加点地跑销售,他不信凭着自己的勤快与执著换不来父母最后的归宿。

在接下来的几年十几年二十年,罗天宏拼命地干活,换了好几家公司,干了十多个不同的职业,他没别的目标,只求多赚点钱让父母早日回到故乡。

好像命运之神故意作弄那些心中有梦的人,让他们一瘸一拐地奔走于看不到尽头的崎岖山路。罗天宏不断增多的存款总是比不上房价增长的速度,且有距离越拉越远的趋势。随着时光流逝,乡下父母居住的老房子因年久失修而垮塌了。想着就要搬回童年生活过的城市,两位老人宁愿蜷缩在废墟的一角,搭个简易的窝棚,盘算着冬季到来之前欢欢喜喜地远走高飞。度过了一个令人瑟瑟发抖的阴冷冬天,又熬过了第二个寒风刺骨的漫长冬季,在阴雨连绵的春天里,父亲先倒下了,他拒绝老伴儿把他送到县城医院治疗的哀求,固执地反反复复说:"富贵在天,生死由命。小病不用治,大病治不好。"他坚持着把小病"养"成了大病，在看了儿子寄来的海滨新居户型图后，咂摸了几下干裂的嘴唇，吐出了生命体内最后的一口气。没过多久，母亲也陪他去了另一个世界。她身体没病，儿子说母亲至少还可再活二十年。在一个风雨交加的夜里，窝棚依靠的那面墙体倒塌了，她就埋在砖石下面。

　　罗天宏又奋斗了三年，终于凑足了二十万块钱，他一咬牙在依山傍海风景优美的高档公墓里为父母买了块两平方米的墓穴，把父母的骨灰合葬于此。他知道二十年前，用这一半的钱，完全可以买一套小户型的海景房，如今只够买一平方米的墓地了。但他并不心酸，他跟朋友们说，这墓地的位置比活人住的很多社区要好，且有不少富翁、名人和官员与父母相伴。

预言

整个冬季没下一场雪,气温明显偏高。

大年初三,公园里杨树露出了新芽。春天像早产的婴儿提前坠地了。

市民们没有躲过严寒的喜悦,却莫名其妙地感到烦躁和不安。

一些老人聚集到街心花园,摇着扇子和脑袋,叹息着发出了令人毛骨悚然的预言:凶兆,百年不遇的凶兆,灾难就要降临了,世纪末也是世界的末日。

抽象的预言逐渐演化成具体的警报。地震即将发生的说法一夜之间传遍了城市的每个角落。

居民的反应几乎是一致的。先是抢购,商店里拥挤不堪,超市货架子上面的商品摆放的时间越来越短。开始是便于储藏的食品供不应求,接下来便是日常生活用品如卫生纸、毛巾、绳子、电池等被抢购一空,再往后只要是商店里能卖的,几乎全部被不加选择地买去了。

有少数人说,这是一场阴谋,是心术不正的商人利用气候反常这一自然现象而操纵策划的促销活动,通过地震的谣言,处理他们积压的库存。但,人们还是不信,因为自然现象是奸商们无法控制操纵的。

政府部门对此一直保持沉默。后来一些部门和单位开始组织防震救灾演习。政府鼓励和支持各基层政权以及企业、学校、军队等单位利用这一难得的机会，开展灾害意识教育，通过多种形式普及防灾抗震、救灾抢险的基本常识和技能，提高民众的防灾意识。这一提倡被迅速贯彻，改变了多年来居民对灾害麻木不仁的冷漠态度。然而，政府行为印证了地震即将来临的传言，人们从抢购转为逃离，有钱的人带着细软率先离开了。人人都认定家园必将在瞬间毁灭。普通百姓涌进银行急着提取那一笔笔数额不大却是一生或半生的血汗凝结而成的款子，并打点家当，披星戴月地往郊区跑。

有人希望得到地震局的权威说法，但这个念头被民众长期形成的不信任感即刻打消了。大家普遍认为，地震局此时绝不会说出真情。况且，越来越多的人传说，地震监测部门的工作人员早就离开了这个城市。

有一位大学毕业不久的小记者，排除万难，终于坐在了地震局长的面前。他要采访局长先生，请局长向市民做出权威的解释。

记者对近期要发生地震的说法表示质疑，这令局长大为恼火。

局长指出，你可以不相信我，但你要相信事实。种种迹象表明，地震的灾难我们无法幸免。而且，随时都可能发生。

记者的脸色开始变白，汗水从额头沁出。他镇定地要求局长向市民罗列出地震灾难降临的科学根据。

局长清了清嗓子,掰开指头:"第一,不少老年人凭经验断定今年有凶兆;第二,市民们开始抢购,商店里货架空空如也;第三,许多人开始往外地逃离;第四……这足以说明地震的发生确定无疑。"

·春运·

火车停了两站之后,我的双脚终于落到了车厢的地板上。

我估摸着,我大概有一段时间没喘气了。不然的话,我喘气的声音不会像牛吼那么吓人,以至于呼出的第一口气竟把一个脸贴在我腮帮子上的中年汉子一下子推出了一米多远。

不过,那位汉子马上又把他那张丑脸贴了上来。我看出来了,他也是没办法。车上的人太多了,所有乘客的脸几乎都是贴在一起的。

"嘿,师傅,"他竟然能说出话来,他的嘴像是长在我的耳朵上,"师傅,你说现代世界什么最发达,交通呗,你说如今多方便,只要一坐上火车,嘿,几千里的路程,一两天就到家了。要是在过去,靠步行、骑马,走这么远的道儿,猴年马月才能到家,赶上天气不好,野兽出没,歹人劫道,小命都得搭进去。现在好了,有飞机、轮船、汽车、火车,那才叫快呢,你说是吧?"

我只有一丝细气在肺部和鼻喉之间勉强流通,实在是没办法对他的意见发表评论。

"就是车票难搞啊,"他的舌头在我的耳朵里搅动,我痒得难受,"我外出打工有七八年了,一直想回家过个年,不是怕花钱,是票太难搞到了。前年离春节还有一个月,我就去车站排队买票,排了十多天,眼瞅着快挪到窗口了,嗨,刚把钱掏出来,后面涌上了一群狗日的家伙,别提了,整个广场都乱了,我被挤倒了,左腿被踩断了三截,右手腕粉碎性骨折。我们村跟我一块儿去买票的另外两个人就没有我那么走运,那两个直接送到了太平间,太平间你懂吗,就是停尸房,放死人的地方,两个死鬼,连脑浆子都被踩出来了。"

"你说难不难,我们三个都没回成家。"

他深深地叹口气,我的耳朵里像刮了一场台风。

"去年春节,我又没买到票,飞机咱坐不起,大年三十冲着北方磕了三个响头,算是给父母拜年了。那想家的滋味真不好受哇。"我听得出,他带着哭腔。

"今年我发了狠心,要是再坐不上车,我用脚走,也要走回去。说起来还是好人多,跟我们一块儿打工的熟人,托人跑关系,到昨天还真弄到了一张票,票价虽然贵了点,比在车站买的贵了一倍,不过总算能坐上车了。在家靠父母,在外靠朋友,要不是朋友帮忙,我还真不知道什么时候再看上老爹、老婆和孩子一眼。嗨,老爹岁数大了,能活几年呀,看一眼就算尽孝啦。我妈前年春天死的,那一年要不是为了买票差一点被踩死,我就能赶回去看看老妈了。嗨,票难买呀!"他又叹了一口气,我的耳膜几乎炸了。

…………

"快打开窗户吧,这人晕过去啦。"有人喊着,那声音撕心裂肺。

"不能开窗,外面的人爬进来会把车厢撑破的。"有人不同意。

"再不开窗,我们就会憋死的。"又有人喊。车厢里开始出现了骚动。

"不行,"乘警用话筒喊道,"不能开窗,窗户打开后有人会跳车,出了事故责任谁能负?"那口气极严厉。

"各位乘客请注意,"广播里传出了列车播音员那悦耳的声音,"各位乘客请注意,春运期间,乘车人数急剧增多,车内十分拥挤,请大家注意乘车秩序。为保护乘客的人身安全,不得私自打开车窗,以免乘客跳车自杀。昨天,本次列车发生了六起乘客跳车自杀事件,致使我客运组受到上级的严厉批评。请大家顾全大局,自觉遵守乘车规定,不得擅自打开车窗。"

车厢内一下子静了下来,贴在我左边的那位中年汉子把嘴咬在我的肩上,右边的一个老太太从一上车我就没感觉到她的呼吸,一直紧紧地贴着我的身子僵硬地站着。

一声尖叫吓得我毛骨悚然,接着就是咔嚓一声,有人用钝器砸碎车窗。一个人,又一个人跳了车。冷风吹进了车厢,一些昏迷了的乘客又恢复了神智,加上刚才的非正常减员,车厢里松快了一些。

乘警趁机在人群中挤着,嘴里吆喝着"查票啦,查票啦,"并小声嘟囔,"他妈的,真倒霉,这趟车的奖金又泡汤了,自杀是他愿意,该我们屁事,扣我们的奖金,讲理吗?"

乘警还真有功夫,他硬是在插不进针的人群中挤来挤去穿行自如。长在我肩膀上的那张嘴终于松开了,在乘警的呵斥声中,他费尽九牛二虎之力才把票从口袋里掏了出来。"你这是假票，罚款。"乘警一点儿都不含糊。那汉子苦苦哀求着："冤枉啊，我又被朋友坑了，我不知道是假票，我花了双倍的钱呢，可怜可怜我吧。"两行混浊的泪水哗哗地流了下来。

"不行，少废话，不交钱，现在就让你下车。"乘警开始连推带搡地让买了假票的人往门口移动。人太挤了，乘警费了半天劲，那位汉子依然贴在我的身上。乘警满头是汗，仍恪尽职守地用拳脚让违规者受罚。

又一位乘警挤了过来，他没有协助同事完成任务，而是凑到战友耳边，小声告诉他："快到七号车厢去一下，那儿出事了，列车长也跳车自杀了。"

那声音极小，由于大伙儿挤得太近了，我听得清清楚楚。

·坐电梯·

坦白地说，我家里的事全由太太做主。

我并不觉得这是一件多么丢脸的事情，不像有些人那么虚荣，明明一切都由老婆说了算，却在外面愣充大丈夫，口吐狂言：大事听我的！谁不知道那大事指的是什么——全球气候变暖、防止核武扩散以及美国总统大选而已。

我常如实地告知我的同事，在我们家屁大的事都得听老婆的，我只管比屁还小的事。

老一辈人说："牛驾辕，马拉套，老娘儿们当家瞎胡闹。"这话虽然既难听，又偏激，可也有一定的道理。女人做主不见得事事都做得对，以我家为例，在买房子这件事情上我老婆就犯了个不小的错误，给我的心理造成了难以抚平的创伤。

按我的想法，楼层不必太高，住三四层就挺方便的。她说我弱智，三十层的塔楼，住在三层跟住在地下室里没什么两样！这叫什么话嘛，三层和地下室怎么会一样呢！我心里不服，但嘴上没说。

最后当然由她拍板，买了二十八层，比选择三层同样的户型多花了二十几万。

住高层的优点很多，光线明亮、视野开阔，连下雨都比楼下的人知道得早。上下楼乘电梯，省时又省力。我也觉得满舒服的。

没过几天,一个新的情况摆在我的面前,让我越来越心神不宁、忐忑不安。

负责开电梯的女司机,每天捎带着卖《晚报》,搞起了第二职业。《晚报》摆在电梯里的小桌子上,一块钱一份。很多住户上电梯时都顺手拿一份,再扔下一块钱。有时,开电梯的女工还唯恐别人忘了,对没买报纸的人关心地问上一句:"您不来一份?"我就被她提醒过好几回。我每次都笑着摇摇头或摆摆手,说,"不用了!"时间久了,那女人脸色越来越阴沉,像是挺生气的,对我的态度也变得生硬起来。有几次,她明明看见我跑过来了,却关上了电梯门,让我不得不再等一趟。我觉得问题出在报纸上了。

有一天,就在她关门的那一瞬间我挤上了电梯。"没长眼睛啊,电梯门夹坏了你负责呀!"她没好气地冲我嚷着。我不好意思吭气,电梯里还有别人呢!"来一份报纸吧!"她白了我一眼。"不买了,我家里订了。"我想撒个谎,打消她的念头。"真小气!"她小声嘟囔着,很伤我的自尊。

我很少看报纸,各类新闻网上都有,在办公室里早就浏览过了。再说,女人当家,心细如发。我老婆每月只给我留出三十块的零用钱,平均一天一元。她说,男人有钱容易变坏。为了把我塑造成一个道德高尚的人、一个脱离低级趣味的人,她采取了经济制裁的有效手段。如果我每天都买一张晚报,那一个月下来我恐怕连头发都理不了啦!所以,我不买报纸是有充足的理由的。

但那开电梯的女工却不管我拮据的经济状况和紧张的心理状态，她不断地用殷勤、热情以及白眼和恶语对我交替施加压力，我终于坚守不住了，不得不也"来一份晚报！"

一连二十多天，她对我的态度都很好，而我口袋里仅剩下四块钱了，我的头发快遮住耳朵了，如果我老婆知道我把理发的钱花在了开电梯的女人身上，她会发疯的，那后果不堪设想。

我决定爬楼梯上下班，尽管我的关节炎一直折磨着我，但那也比心理折磨更容易忍受。二十八层楼啊，对于我这样一位体重接近两百斤，脚上长鸡眼，膝盖里积水的"残疾"人来讲的确是一个致命的考验。我还是要咬牙坚持，每当我眼前浮现出电梯女工那嘲讽鄙视的表情时，我就浑身充满了力量。

我连续爬了半个月，实在熬不下去了，但成绩是显著的，我攒够了理发钱，可以让耳朵重见天日了。我完全有资格大大方方地坐一次电梯，感受一下迅速升起的快乐。

开电梯的女人热情地冲我笑着，像是久别的亲人一般。"您出差了吧，看您瘦了不少！"她关心地问我，我嗯嗯地点了点头。她弯腰从椅子下面抽出了一沓报纸塞给了我："这些报纸是我每天替你留下的，一共十五份。"

天呐，我的脑袋一阵晕眩。我正准备用那十五块钱明天去理发呐！

·落枕·

晚上睡觉姿势不规范，早晨起来脖子疼——落枕了。歪着脑袋照了照镜子，难看！试着正过来，疼！怎么办？上医院。医院很近，就在家门口。

挂号、登记、预约、交费、填表格、建病历，忙乎了一身汗，忘了脖子疼。

医生高声喊，轮到我了。

护士走过来，查体温，称体重，量身高、腰围，还有头围。

内科大夫走过来，按肚子，拍肩膀，量血压，用听诊器在胸部蹭了蹭。

外科大夫走过来，捏捏手，摸摸头，还用小锤在膝盖上敲了几下。

中医大夫走过来，号号脉，翻翻眼皮，最后让我把舌头伸出来。

精神科大夫走过来，问问话，聊聊天，问我有对象没有。我担心她把她的病人介绍给我做女朋友，赶紧说，孩子都有了。

大夫们凑在一起东拉西扯，用他们的黑话叫"会诊"，主题是晚饭到底由谁来买单，但结论是我必须住院治疗。

我再次填表、登记、交费、办手续。折腾大半天，想躺下来喘口气。护士便走过来，要求我查体温，称体重，量身高、腰围，还有头围。

接下来，内科、外科、中医科、精神科的大夫们依次来按肚子、拍肩膀、量血压、捏捏手、摸摸头、敲敲腿、号号脉、翻翻眼、问问话等等。第二天，第三天，第四天，程序和内容完全一样。

到了第十天，在我三番五次要求出院都未奏效的情况下，我大头冲下，贴着墙倒立在床上（俗称拿大顶），并冲着所有的内科、外科、中医科、精神科以及妇科、五官科等大夫们做鬼脸。

大夫们再一次凑在一起"会诊"，也就是胡扯，因为他们又发现了一家新开的水煮鱼小饭馆。最后，医生们一致认为我的病灶已经转移、扩散了，由脖子发展到了脑子。

他们决定把我从内科转到精神科，因为大夫们觉得我越来越精神，甚至有点精神过分了。

就在办理转院的过程中，我趁着护士去拿体温计的间隙，乔装打扮，改头换面，机智灵活地来了个金蝉脱壳，终于从医院里逃了出来。

从此以后，我彻底改变了自己睡觉不老实的坏习惯。落枕可是个大病，不但是脖子疼，弄不好还会影响脑子的。我可有这方面的教训。

看中医

后背上的疱（医生称之为疖子或痈）在经受了半个多月的青霉素强攻之下仍然死皮赖脸地盘踞在那里，没有丝毫退却的迹象，就像一个钉子户似的，顽强地与拆迁公司抗衡。

"看来得切开了，不来硬的，这个家伙是不会服软的。别指望输液了，那是死路一条。"外科大夫的态度很坚决。

"非得手术吗？能不能想点别的办法？"作为患者，我从心里惧怕外科医生的主张。

"你以为我没事闲得非要在你身上划一刀？我可是做大手术的，肝移植你听说过没有，我哪年不做几例？要不是院长跟你是朋友，安排我来主刀，就你这么个小破疱，我瞅一眼都觉得是屈辱。这是实习生练手艺干的活，你懂不懂？在门诊，一划就行了，几分钟的事。别的办法？什么办法？你说吧，你想用什么办法？口服药吃了，静脉输液的吊瓶子也打了。不是治不好吗？还有什么办法，你说呀？"外科医生把我的建议视为无理要求，说话的语气十分不耐烦。

"能让我看看中医吗？外敷中药不知行不行？"我的声音越发显得微弱，像是喃喃自语。

外科大夫的耳朵很灵，对患者的诉求反应得非常敏感。"什么？看中医，亏你想得出来！中医也叫医生？那叫骗子！

你不是在大学里教书嘛，怎么连一点科学知识都不具备。嗨，让我怎么说你好呢！好吧，好吧，反正我把丑话说在前头了，出了问题你自己负责。来、来、来，我给你开一张会诊请求单，你去中医吧，五号楼二层，对，下楼出门往东走，闻到草药味就到了。去吧、去吧，省得烦我！"外科大夫没好气地扔给我一张会诊纸条。

我耸着肩，弓着身子，步履缓慢地磨蹭到了五号楼，门洞里的确弥漫着浓郁的熬药的气味。整个二层诊室的门都打开着，我挑了一个患者相对较少的房间走了进去。

"把单子放下，外头等着。"一位身穿白大褂的中年男子一边给病人号脉，一边冲我嚷嚷。我赶紧退到门外。

"下一个，这姓的是啥？是倪吧？"大夫粗声大气地喊道。

"是我，是我！"我猜"泥巴"肯定指的是我。

"你姓倪吧？"大夫抬头问了一句。

"不是泥巴！那个字念仉，'成长'、'长大'的'长'。"我还是做了纠正。

"怎么姓了这么个怪姓，哪儿不舒服？"大夫撩起了我的衣服看了看后背。

"哇噻，怎么长了这么大一个疱！姓仉也不能长疱啊！"大夫把坐在他对面的一个相貌俊俏的小姑娘叫过来，"来看看，这是什么？没见过吧，在古代这叫'背瘩'，不少大人物都死于这种病。当然了，你幸亏不是什么大人物了。坐下吧。"他边让他的学生开眼，边让我坐在桌旁的小方凳上。

"我先把门关上吧！"背部裸露着，我感觉门外的风呼呼地往里灌。

"不要关门!这可是中医的大忌!"大夫阻止了我,"你在外科看过啦?他们不是挺有本事的吗,怎么让我看呢?是谁让你来找我的?"他瞅了一眼外科的会诊单,抬头问我。

"是我要求来的。"我实话实说。

"瞧瞧,"他转过头冲着他的弟子——那位漂亮的小姑娘炫耀,"我前几天刚治好了一位得这种病的人,怎么传得这么快呢!"我不解地望着他。

"能外敷点膏药之类的东西吗?"我趁机问了一句。

"外敷?那可不行。那是想陷害我,是阴谋!外科医生让你找我外敷的吧!我就知道他们不安好心。病治好了是他们的功劳,出了点问题就全赖到我身上。我可不想替他们背黑锅,谁比谁傻呀?如果他们没看,我一贴膏药上去保管你好得利利索索。现在可不行,他们瞎看胡治半道上,我可不揽这种麻烦。我给你开两服中药,拿回去吃吧,用不了几天,就没事了。这帮子外科大夫,个个都是屠夫,光知道动刀子,嗨,这个病就让他们耽误了。"他把处方推了过来,上面写着药名"西黄丸"和"梅花点舌丹"。

又一位病人进来了,我起身走出诊室。"怎么这么多病人,真是邪了门啦!人要是出了名,可真累。你瞧瞧,这一天患者不断,连上趟厕所的功夫都没有,前列腺都快憋出毛病了。"房间里传出中医大夫响亮的抱怨声。

吃完了中药,我除了胃部火烧火燎之外,背上的疱依然如故。几天后,我不得不再次来到了医院。

上次就诊的那间屋子的房门虚掩着，没有大敞开，只留了个小缝。"关门可是中医的大忌!"我耳边回响着几天前大夫的忠告。

我刚想敲门却听里边有人窃窃私语。

"行了吧，一天二十块钱，咱不事先说好的吗？要不想干，你明天就甭来了。"是那位"出了名后很累"的中医的声音。

我顺着门缝看去，他正没好气地往一位中年妇女手里塞钱。

我想起来了，上次快看完病时，进来的那位"患者"正是这位老娘儿们，她大概就是我们经常听说的"医托"之一种吧。

·活死人·

　　刺眼的白光唤醒了我的生命意识。数十架照相机争先恐后地按下快门，伴随着一连串的闪电，断断续续的咔嚓声传入我的耳膜。脑袋里像灌满了黄泥汤，混浊而黏稠。有人在说话："虽经我们全力抢救，他还是失去了生命体征。现在我受医疗小组的委托，正式宣布，本次车祸事故无一幸存者。谢谢媒体朋友们的关注！"

　　又是一片急促的咔嚓声和刺眼的白光。我努力睁开眼睛，用来自另一个世界惊悚的目光盯着他们。惊叫声响起，强烈的闪光灯齐刷刷地向我扫射。我退缩着紧闭双眼，脑海里闪现出了上帝的面庞，有点像我的初恋情人，还有几分我老婆和儿子的模样。虽然我不信上帝，但他竟让我从牙齿脱落的嘴里发出了清晰的呐喊："我还活着！"

　　闪光灯的强光又一次试图把我生命的信息记录下来，但只留下了我破碎变形的面孔和紧闭的双眼。尖叫与欢呼交织在一起，塞满了我淤血肿胀的耳朵。

　　"他没死！"

　　"他说话了！"

　　"他的嘴唇在颤动！"

　　"他还活着！"

"他睁眼啦!"

....

"请保持安静!我是本医院的新闻发言人,该死者的死亡结论是经过专业医务人员反复检查鉴定做出的,程序严谨,客观审慎,不会有任何差错。请各位不要听信谣言,以讹传讹……"这高亢有力的强音是通过话筒放大传出的,刺痛了我的耳膜。

"我还活着!"像是有人给我施了魔法似的,那一瞬间我高喊着,还差一点从推床上坐起来。

"你是医生,还是我是医生?不要瞎喊,你已经死了,你得相信医生,相信医院,相信科学!"新闻发言人俯下身子,贴着我的耳朵警告我。我直勾勾地盯着他,那是一张传说中的死神之脸,我不想多看一眼。他假装为我盖好白布单,趁机遮住了我的脸。不知出于什么目的,他顺手狠狠地掐了一下我的胳膊,我疼得嗷的一声从床上翻滚到地上。

全场一片惊慌,医护人员纷纷后退。有几位沉着老练的记者,冲上前来抢拍下了镜头。

"他真的没死!"记者中有人替我说话。

"是的,他没死!他肯定没死!"

"对,他还活着,我们都看见了!"

....

"别吵吵了,死没死我们说了不算,这得听医院的。我们新闻界要相信医院的结论,不能误导读者和听众。"一位年轻的女记者说服他的同行要恪守新闻职业道德,与院方保持高度一致。

我用残存的一丝气力,拼命扭动"尸体",嘴角发出各种古怪的求救之声。

围观的人越来越多,声音越来越嘈杂。

新闻发言人为难地搓着双手,焦灼不安地向人群解释:"刚才我已代表院方,向媒体朋友宣布了死亡结论。这个结论是医疗抢救小组集体研究并报请上级领导批准确定的。不管各位信不信,反正我是确信的。鉴于部分记者的质疑和死者本人的声明,我建议我们暂时搁置争议,先把死者,不,应该叫疑似死亡者或死亡嫌疑人存放于太平间,暂时不火化。等我本人向上级报告后,再重新做出裁决。请大家放心,我们一定会本着以人为本的理念,坚持公平、公开、公正的原则,科学认真地作出结论,给公众一个满意的交代……"

在唧唧喳喳的议论声中,大伙儿一致赞成院方的意见。

我恳请推我进太平间的那两位戴着大口罩的老兄不要把我塞到冷柜里去,他俩相互对视了一下,同时摇了摇头。其中那位矮个子男人瓮声瓮气地说:"不放进冰柜里,你的尸体就会烂掉的。"

"我没死,真的没死!放在那里会活活冻死我的。"

高个子更不耐烦:"我们只听领导的。他说你死了,你就死了。我们不敢做主,不把尸体放到冰柜里就会被扣奖金,弄不好还丢了饭碗……"

我急得顾不上剧痛,又一次从床上坐了起来:"请二位兄弟高抬贵手,只要我一出院,我就把你俩被扣发的奖金十倍补上。"

"说话算话?"高个子问。

"你们是我的救命恩人,我哪里能知恩不报?"

"咱俩就信他一回吧!"矮个子动摇了。

"那行,就信你一回!"

于是,他俩把我挪到了太平间潮湿的角落里,还找了几块硬纸壳在我身下垫了垫。

我逐渐恢复了记忆。我知道自己"死"于一场车祸,是桥梁突然坍塌。那天我开着新买的轻型电动三轮车,正好通过一座刚落成的高架桥,那桥就塌了。竣工的庆典尚未结束,在我栽下去的那一瞬间,我看到了天上飘着的彩色气球和放飞的鸽子……

我不想躺着等死,我担心上级重新复查的结论迟迟做不出来。太平间的大门未上锁,只用一个铁钩虚挂着,一般不会有人到这里偷东西。我费尽力气,爬了出去……

我活了下来,却成了活死人。

因为我的名字已作为遇难者被电视、广播、网络和报纸公布了,而事故原因已查明是因为车辆超载。我更不敢露面了,那天桥上一共只有几辆小车,若因超载压断了新桥,我肯定脱不了干系。

我成了活死人,至今仍在外边游荡着,不敢踏进家门。因为我心里没底,不知道妻子和儿子会相信医院的结论还是会相信我仍然活着。

个别人

处里有同事安慰他，老关啊，这不是非常时期嘛，你该戴的时候不戴，不该戴的时候戴，这就是错误嘛！

老关想明白了。他现在戴了两副口罩，一副捂在额头上，一副挂在下巴上，嘴和鼻子都露在外边。他说这样可以随时上下移动，灵活处置。

·个别人·

一个月内，老关受到了两次纪律处分。

一个月前，局里召开党员干部大会，传达上级有关防治"非典型肺炎"的指示精神和内部疫情通报。根据主管部门的要求，对于当前所谓"非典"病毒急剧蔓延的说法要予以澄清，各单位的党员干部要旗帜鲜明地制止谣言的传播。局领导说，目前感染上"非典"病毒的人数极少极少，且已得到了有效的控制，本市尚未发现一例。至于社会上盛传疫情大面积暴发的小道消息，纯属谣言，不排除个别心怀叵测、别有用心之徒从中蛊惑煽动，以达到不可告人之目的。上级通知要求，党员干部要发挥模范带头作用，不信谣、不传谣，倍加珍惜安定团结的大好局面。局长的讲话赢得了热烈的掌声。

老关坐在下面，听着领导的讲话，脸上火辣辣的，因为全场只有他带了一副刺眼夺目的大口罩。老关的爱人在传染病医院当大夫，她十天前就唠叨着让老关捂上口罩，她说医院里收治了不少"非典"病人。老关是局机关第一个戴口罩的，也是那天开会时唯一把脸捂上的干部。

局里对老关"以口罩制造恐慌"的行为十分不满，决定给予行政严重警告处分并取消当年的职务津贴。老关不恨领导恨老婆。他自觉自己确实不像个处级干部，也不是真正的男子汉。

  一个礼拜后，媒体像发了疯似的渲染"非典"的蔓延态势，上级又发出指示，要严厉处罚那些漏报、缓报和瞒报疫情的官僚主义者，并号召全体党员干部率先垂范，带领群众抗击"非典"，打一场没有硝烟的人民战争。全市上下迅速行动起来，人人自危。全体市民几乎同时戴上了各式各样的大口罩。

  那天，局里又召开了党员干部大会。局领导捂着口罩坐在主席台上，神情严峻地传达上级的最新指示，同时通报了近期疫情。他要求每一位机关干部都要本着对他人高度负责的精神做好自我防护，包括严格遵守全天候戴口罩的规定。说到这里，局长环顾了一下会场，老关的那张裸脸凸显了出来。他提高了嗓门，当着众人的面，对老关进行了严肃的批评，有些话说得十分难听。老关的脸又一阵阵地发烧，他不该又一次与众不同。

  老关又受到了处分，这次升了一级，是行政记过，并免去了处长职务。

  老关觉得冤枉。他心里说，我招谁惹谁了，不就一副口罩嘛，不仅丢了官，还挨了两次处分，这哪儿说理去！

  处里有同事安慰他，老关啊，这不是非常时期嘛，你该戴的时候不戴，不该戴的时候戴，这就是错误嘛！

  老关想明白了。他现在戴了两副口罩，一副捂在额头上，一副挂在下巴上，嘴和鼻子都露在外边。他说这样可以随时上下移动，灵活处置。

前天局领导在局长办公会上不点名地批评了某些现象,说个别干部把口罩戴到了不该戴的地方,这种不严肃的做法值得警惕,该处理的一定要严肃处理。

不知道这个个别干部是不是指老关。

·可乐·

省长到市里调研,其间要召开一次由市机关青年干部参加的座谈会。刚毕业的大学生阿明有幸被选中,兴奋地坐在椭圆形的大会议桌旁。

与会者面前的桌子上摆放着话筒、桌签和一瓶可口可乐。

座谈会上,大家争先恐后地举手示意,希望能说上几句,给领导们留个好印象,但由于时间的关系阿明未能如愿。光顾着争取发言了,到散会时才觉得口渴,于是当主持人宣布会议结束时,阿明下意识地拿起了桌上属于自己的那瓶可乐,并随手揣进了口袋里。

这一举动,被陪同省长一同调研的市长看在了眼里。他皱了皱眉头,问秘书那个小伙子是谁。秘书回答,是刚分到外经委工作的大学生。

省长调研结束后,市长召开了由委、办、局领导参加的专门会议,传达省长考察期间的重要批示并对本次接待工作做简短总结。在总结中,市长指出了接待过程中的一些不足之处,并点名批评了外经委参加座谈会的一名新来的大学生不懂规矩,贪图小便宜,不顾形象,揣走饮料的事情。外经委的领导很没面子,回去后找到了阿明,委婉地提醒阿明在机关工作要注意小节,并轻描淡写地告诉他由于揣走了那瓶可乐而受到了市长的批评。阿明一肚子委屈，想跟主任做进一步的解释。主任挥挥手说："算了，算了，以后注意就是了。"

阿明回去后，越想越生气。那瓶可乐本来就是给与会者喝的，我当时要是喝了不就没事了吗？当时喝了正常，拿回来喝就不正常，就是贪小便宜，就是不懂规矩。这是什么规矩，什么逻辑？阿明在大学里养成的认死理儿的毛病发作了，于是连夜给市长写了封信，从不同角度解释了自己行为的合理性。市长本来并不知道阿明姓甚名谁，看了来信，市长越发动气了，他在信上做了批示，并在信中的一些关键字句的下面划了粗线。信件很快就转到了组织部和外经委，领导们觉得很为难，决定分头找阿明谈谈。

越谈阿明越糊涂，越谈越感到自己问题严重。他开始一遍遍地写检查，一遍遍地向周围的同事做解释，又一次次地把工资拿出来成箱成箱地买可乐请大家喝，还一连几次无偿献血，希望证明自己并不是贪小便宜，更不是自私自利。

一切都是徒劳的，阿明绝望了。因为机关里召开的各类会议上，总是不点名地把"可乐"事件作为反面案例，告诉所有干部特别是青年干部要树立执政为民、廉洁奉公的思想。

阿明决定要上诉，可又找不到受迫害的证据。没有人扣发过他的工资，也没有人停止他的工作，可他总觉得不对劲儿。他在别扭与郁闷中度过了好几年。

政府机构改革时，他主动要求到基层。领导批准了他的请求。

阿明一身轻松地到了一个贫困村挂职，做村长助理。到任的那一天,他从城里买了一车可乐,一到村里就让男女老少尽情地喝。

一个月后,阿明受到了通报批评,说他在基层"大吃大喝"。他心里明白,"大吃"虽够不上,但"大喝"证据确凿。

• 金嘴 •

到北京出差,晚上没事,我去大学里看望老同学"焦大头"。

焦大头显然是绰号,表明他脑袋的大小与众不同。

大学时,大头与我住上下铺,是班里的"神侃",能说善辩,只要话一开头,后面就全归他了,一个人包场,讲三四个小时不带喝口水的,真正的"金嘴子"。

毕业后,他留校任教。据说讲课效果极好,名气很大,全国各地到处讲演。他的职称也比别人评得早,已成了知名教授了。同学们聚在一起时,经常会提起他,都认为大头是"后天发展先天",天生就是做教师的材料。

大头的夫人也是我们班上的同学。如果按脑袋的体积取外号的话,没有比"小头"的称呼更贴切的了。但从没有人这么叫过她。

毕业后我们已有二十多年没见面了,我一直想找个机会听他天南海北古今中外地"神侃"一番,读大学时听他讲话真是享受。

敲开房门,"大头"迎了出来。"请!"他把我让进了客厅。"大头"明显有些老态,脑袋"亮"了起来,年轻时的满头浓发已不知去向。

"夫人呢?"我想见他的另一半。

"不在。"他答。

"怎么样,这些年过得挺滋润吧?"我问。

"还好。""大头"的语调和表情都很深沉。

"听说你讲课出了名,满世界飞来飞去,都快讲疯了吧?"我打趣道。

"哪里,哪里。""大头"以前从没这么谦虚过。

"据说你讲课收入颇丰,出场费很高,跟歌星差不多了,是吧?"我希望他能把话头接过去。

"传说,传说。"他又缩了回去。

"同学们跟你联系多吗?"我想换一个话题。

"不多。"他只蹦出了两个字。

我喝了口他递过来的白开水,环顾了一圈客厅,逐一评点了房间内的所有摆设和装饰。"大头"总是笑眯眯的,偶尔"嗯、嗯"几声。

"你怎么样?"沉默了好一阵子,他终于说出了一个完整的句子。

我只好把毕业后工作、学习、生活的一切细节向他作了详尽的交代,他似听非听地点着头,显得兴趣不大。

我又对国内国际政治、经济、文化、军事、外交等许多当今无聊的男人们感兴趣的话题一一发表了自己的看法,试图激起他的谈兴。要知道这可是"大头"的强项,大学期间若是碰到这类话题哪有别人插嘴的分儿。

"大头"听得挺认真,但一直没有共同探讨的意思,还是

"嗯嗯"、"噢噢"地点着头。

我极扫兴，后悔不该大老远地来看他。

"你怎么不说话了，别光我一个人在这瞎侃，我正想听听你这位大教授的高论呢！"我有些不自在了。

"嗓子不好。"他指了指咽喉处。

"是吗，到医院看过吗？大夫怎么说？"我替他着急了起来。

"没事。"他口气很平静。

我又喋喋不休地向他推荐各种保健方法和治疗方案。

"不用了。"他摆摆手。

我干坐了一会儿，便告辞了。

一路上，我总觉得他的病有些蹊跷，莫不是患了绝症？在我的记忆中，他可是一个健谈的"金嘴子"，若不是有什么难言之隐，警察都堵不住他的嘴。

回到宾馆后，我心里一直惦记着"大头"的病，一夜未合眼。第二天，我拨通了"大头"太太的手机，我先安慰了她几句，并表示我的担心。

她先是笑了一阵子，接着就愤愤地告诉我，"大头"的病纯粹是让钱闹的，是财迷心窍的怪病。

据她说，"大头"讲课赚了不少钱，越来越意识到自己讲的话含金量很高。现在除非你付钱，否则他就懒得开口，就连夫妻之间也很少交流。

她在电话的那头越说越激动，讲了不少"大头"掉进钱眼儿里的极端例子。说有一次好不容易跟她聊聊天，临了伸手向老婆要报酬,她一气之下扇了他一耳光,他这才缓过神来,意识到自己不是在给别人上课。去年冬天,家里厨房突然着了火,他一声不吭地跑了出去。要不是邻居发现得及时,大喊"着火啦",躺在卧室里的她早就被烧死了。

"这个大头,简直就不是个东西,我现在已跟他分居了。"电话里传来了"小头"如释重负的声音……

我呆呆地握着手机,嘴里一直"嗯嗯啊啊"着,不知说什么是好。

博学的人

老孟因学识渊博而失去了很多朋友，只剩下一只老黑猫与他相伴。每到黄昏时分，他总是抱着那只昏昏欲睡的老猫，呆坐在厨房阳台的破藤椅上，絮絮叨叨地给它讲天文地理、音乐绘画和古希腊神话。

天资聪慧的孟兄自幼好学，五岁时能熟背唐诗三百首，有神童之誉。小学三年级便达到了中学生的水平，知识覆盖面极宽，不但同学们有难题向他求教，就连不少任课老师，也常常私下里与他探讨，深得同学的钦佩崇拜和老师的欣赏器重。这么说吧，读小学时他像个中学生，读中学时他像个大学生，读大学时他像个教授。后来在教授圈子里，别人都称他为"教授的教授"。

但"教授的教授"并不是教授。老孟大学毕业留校时没能去教书，而是去了图书馆做一名资料员。不是他不想当老师，而是按规定他不符合做教师的资格，教师必须具备博士至少是硕士的学历和学位。老孟当时正处于骄傲的巅峰，声称全校没有哪位教授配得上做自己的导师。他的目中无人和唯我独尊，让他失去了"传道授业解惑"的大好机会，只能屈尊于图书馆的一隅，与圣人伟人窃窃私语，谈天说地，评古论今。老孟至今仍引以为傲，自称与天往还，不与鼠辈为伍，整天"于珠峰之巅，俯视丘陵上爬来爬去的蝼蚁"。

因学问宽厚、思想深邃且审美趣味曲高和寡，老孟的眼里始终无人，包括女人。他对古代美女了如指掌，对希腊美女心仪已久，却对身边走动的血肉之躯嗤之以鼻："俗，而且太俗，俗不可耐！"老孟宁可忍受"怆然而涕下"的孤独，也不肯放低身段，与他人共处一个屋檐下。

演员需要舞台，教师需要讲台，官员需要主席台。学富五车的老孟一直找不着一个合适的场所，尽情地展示自己的满腹经纶。没有掌声，没有喝彩。没有听众的激励，就缺乏成就感和价值感。老孟在享受孤独的同时，也常常心里憋得发慌。他是个述而不作的博学者，善讲而不善写，没有讲台和听众，等于英雄无用武之地。老孟的学问无人分享。

只要有同学聚会，老孟必定参加。不管生人熟人，老孟开口便讲，滔滔不绝。无论什么话题，他总能拦腰截断，以我为主。老孟无所不知，无所不懂，平平常常的一件小事，他总能从远古找到根源，起码从尧舜开始，一路讲来，细致入微，并伴以"你们不懂"、"我知道你没有知识储备"、"这个有些深奥，你肯定不明白"、"喊，这是个常识，连这个你都不知道"之类的穿插短语，令听者不爽。同学们了解他，一般不愿与他辩论。当然大伙儿也自知浅薄，无法说服他，就任由他一人夸夸其谈，而其他人该喝酒喝酒，该聊天聊天，并不在意他到底讲了什么真知灼见。遇到场面过于混乱时，老孟会十分愤怒，用力拍打桌子，让大伙静下来。同学们嘻嘻哈哈地嘲弄他几句，又闹闹哄哄地相互敬酒了。

老孟经常慨叹世风不古和时代浅薄,像他这样的人未能受到应有的尊重和器重,他与柏拉图一样,渴望实现"哲学王"的梦想。

同学聚会越来越少请老孟参加了,偶尔他出现时,总有人借口有事而提前离开。老孟有满肚子的学问要讲给他人听,却无人捧场。老孟并没有别人理解的失落感,依然骄傲地鄙视着他看到的一切人。回馈他这种态度的,是所有人都同样鄙视他,不能理解他为什么有那么多的学问却仍然不通人情世故,总把社交场合当成他一个人的讲坛,把交谈变成独语。在一个人人都想发言的时代,谁还会容忍一个人的话语垄断呢?

只有那只老猫甘做老孟的铁杆粉丝,轻轻地打着呼噜,在半睡半醒中倾听老孟枯燥乏味的喋喋不休。

讲病情上瘾的人

老胡手术前的口才并不好，甚至有些结巴，未张嘴脸先红，因腼腆而少言寡语。

五年前，医生给老胡做了个惊天动地的大手术，不是为了治好他的口吃毛病，而是为了救他的命——肝移植，即换肝手术。一位被载重卡车轧碎脑袋的小伙子的家属同意把罹难者完好的肝脏捐献出来，让其器官在他人身上继续存活并发挥作用。

死者家属的高尚之举，让患上急性肝坏死躺在床上奄奄一息的老胡重新燃起了生命的希望之火。他后来回忆说，在得知这一消息时，眼前突然一亮，仰望着病房的天花板，看到了朵朵祥云托着观音菩萨飘然而至。然而事实上，他早已进入深度昏迷状态，连老婆掐他的耳朵都没有丝毫的反应了。

手术做得非常成功，主刀医生走出手术室时疲惫的脸上露出了满意的笑容。他得意地告诉守候在门外的患者家属们说："一连九天的九台手术，病人都未能活着抬下手术台。今天是个例外。"他特意要了根卷烟，在贴有禁烟标识的大厅里深深地吸了几口。

术后的老胡体力恢复得很快，半个月就出院了。在老婆孩子的精心护理下，他奇迹般地活了下来，四个月后竟然又出现在单位的办公室里,重新回到了原先的工作岗位。

从鬼门关走过一遭的老胡跟变了一个人似的,从生活习惯到性格特点均与手术前判若两人。同事们由私下里的议论变成了当着他面的调侃,都说他除了模样长相外,全都不像从前了。人们开始怀疑那位捐肝者的真实身份,演绎杜撰了不少对死者不敬的故事。有人说肝源来自警方,是一位因抢劫银行而被枪决的罪犯留下的,所以大家劝老胡上下班不要路经银行网点,怕他一时冲动管不住自己;又有人编排说,捐肝者原先犯的是强奸罪,先奸后杀,手段残忍,于是单位里的女同事见到老胡就躲躲闪闪,神情慌乱;还有人添枝加叶纠正道,肝脏是从一个投毒杀人犯身上取下的,那家伙生前往集体食堂的大锅里投放过老鼠药。这个说法一传开,再也没人跟老胡握手了,凡是他碰过的东西,别人绝对不敢用,害的老胡自己从家里带饭带水。

时间长了,谣言不攻自破,人们的种种猜测自然成了笑资。

其实老胡除了比过去健谈了以外,并没有其他变化。

出院那阵子,人们出于好奇和关心,不断地询问和打听老胡的病情及治疗过程。老胡总是不厌其烦地一遍又一遍给同事、朋友和熟人们介绍从生病到手术治疗的前前后后,这毕竟是常人罕见的大手术,他讲得详细,别人听得认真,说到痛苦处老胡会哽咽,而听者也随之流泪。探问的人多了,老胡自然讲的也多了。一遍遍地反复讲,几十遍上百遍,几年下来,早就讲了上千遍,老胡越讲越熟,越讲越顺,越讲越生动,他知道听者喜欢什么，哪些细节最能打动人，哪个环节要添加象声词，哪些地方大家不感兴趣容易分神儿，哪些内容听者能瞪大眼睛惊呼怪叫……老胡谈起自己的病情和手术过程，犹如讲评书一般，情节跌宕、激越惊悚，十分吸引人。老胡因此也很得意，讲得很享受。久而久之，单位的同事、街坊邻居和大中小学同学早就听腻了，每见老胡一张嘴，就避之唯恐不及。

老胡讲惯了，不讲憋得慌。于是他就利用早晨去公园里溜达散步的时间，给那些晨练的老头老太太们讲；逢年过节闲着没事就跑到市场、车站去讲；下雨天打着伞站在马路边上讲。若围观的听众多了，他就把上衣的扣子解开，袒露出手术留下的疤痕——三条抻直了的紫色蚯蚓呈现的奔驰商标状的图案——展示于众目睽睽之下，赢得一片惊叫声。老胡英雄般地陶醉于滔滔不绝的讲述之中，在听众的惊恐、同情、啜泣和赞叹声中得到满足……

老胡还会继续讲下去，因为有人核实说那位死于车祸的捐肝者是一位年轻的评书演员，他是在参加一场曲艺比赛获得大奖后返家途中惨遭意外的。

·脚不沾地的人·

金波总在天上飞,越来越引起朋友、熟人和他太太的同情、猜疑、焦虑和困惑。

"别以为你是天使,其实你是个地地道道的鸟人。"偶尔陪他一起飞的哥们儿嘉君多次恶毒地调侃他。

金波没长翅膀,是位做生意的商人。坐飞机来来往往本无可非议,关键是他坐飞机上瘾,已变成了某种令人担忧的依赖症。

头一次坐飞机的奇特感觉他至今仍记忆犹新。先是有心疼的症状,昂贵的机票让处于艰难起步阶段的商人压力不小。若乘火车就便宜许多,省下的钱能买下两年都吃不完的大米。时间来不及了,对方厂家约定的会面只有坐飞机才能赶到。接着是心慌和心跳,毕竟是第一次上天,那庞大的金属物体真的能平稳地飞上去吗?他甚至担心排在前面的人把座位给抢光了,因此还拜托先登机的一位老太太替他占个空位子。空姐十分轻蔑地笑着告诉他:"你这个人还真幽默!飞机上是对号入座,不卖站票。"他脸红了,尴尬地咧着嘴:"开个玩笑,开个玩笑。如果没有空位,我就坐在飞行员的位子上。"空姐收起了笑容,留下一脸的愤懑与不屑:"这可不是开玩笑的地方。你敢再胡说坐飞行员的座位,我就报警了。这是劫机恐吓。"

首次飞行给金波带来了好运，生意谈得成功顺利。从此以后，他每次出行只要能坐飞机，就绝不选择其他的交通工具。在天上飞来飞去让金波有了巨大的满足感和丰厚的生意回报。

飞机成了金波的迷恋与迷信，他与朋友谈论的逸闻趣事几乎都是机场和机舱里的见闻以及机上读物登载的故事。若干年前，坐飞机出差还是极少数人的偶然事件，他的家常便饭一般的乘机经历，赚取了不少朋友和熟人的羡慕和嫉妒，尤其是当他讲到空姐迷人的笑容和妩媚的体态以及对顾客体贴入微的精细服务时，总有一种暧昧的口气和神情。

时间久了，金波对飞机产生了依赖。不再为了做生意而坐飞机，不管有事没事他总喜欢在飞机上待着，不停地在天上飞来飞去。坐飞机几乎成了他的生活目的。他觉得在飞机上吃饭、在飞机上睡觉比在家里舒服。躺在家里的床上，他整夜地失眠，只要一坐在机舱里，他便鼾声大作，像躺在母亲怀里般踏实，还能梦见儿时爬树偷杏吃的情景。

金波做生意赚的钱有相当一部分用于买机票了，剩下的那些积蓄也准备通过坐飞机的方式全部捐给航空公司。对此，航空公司也十分感激，授予他金卡乘客的尊贵称号。金波的口袋里有各大航空公司的金卡、银卡和钻石卡，随便坐哪个航班都能得到相应的礼遇和照顾，对于一年飞行60万公里以上的他来说，航空公司多做一点周到的服务是理所应当的。

上个月的一天，我给金波打了个电话，他的手机处于关机状态，不用说他肯定又在天上飞了。这些年，他不是在机场，就是在机上，偶尔会在去机场的路上。第二天，我终于拨通了电话。

"你在哪儿呢?"我问。果然不出所料,他答:"在哈尔滨机场呢!""准备去哪里啊?"我又问。"还没想好呢,哪班飞机飞得早我就坐哪班。"他答。

"那就来北京吧,好久不见了,一起喝顿小酒怎样?"我建议道。

"好啊,我这就买票,咱晚上六点见。"他高兴地接受了我的邀请。

我了解金波的习惯,他到哪里都坐不住,不可能停留很长时间。于是我把饭店订在了机场附近,约好了几个朋友,六点钟前赶到了那里。五点刚过我又给他打了电话,他的手机关了,肯定是在飞行途中。

六点半了,仍不见金波的人影,多次通话,手机一直关闭。我们都饿了,只好边吃边等。等到了八点多钟,他仍未出现。我们又坚持了一会儿,多喝了瓶白酒。等我们买了单准备散去时,他给我打来了电话。

"你在哪儿?"我生气地问。

"在海南三亚机场呢!"他还嘿嘿地笑着。

"真能扯淡。不是让你来北京喝酒吗?"

"真不好意思。稀里糊涂地飞到了海南。"他歉意地解释。

"怎么会呢,坐错飞机啦?"我很不理解。

"不是,我本来买好了去北京的机票,是下午三点的,这是最早的航班。我一想要在机场里等两个多钟头,心里就起急。一看有一个航班飞往大连,马上就能起飞,我就退了北京的机票，改飞大连，想从大连转飞北京。到了大连机场再一看，去北京的航班得四点半起飞。我又急了，就买了去上海的机票。你知道，上海飞北京的飞机半个小时一班。我算了一下时间，六点多钟赶到北京，就想从上海转机。到了上海机场才知道去北京的下一个航班晚点了，推迟起飞一小时二十分钟。我又急了，就搭乘飞往三亚的航班，那个航班不用等。没想到误了咱们喝酒了，真对不起。我正在预订下一个航班，明天一定到北京会合，我请你吃饭。"金波的语气十分遗憾。

第二天，第三天……一个多月过去了，他仍然没有露面，酒也就没能喝成。为了赶上这顿饭，这段时间他飞过昆明、腾冲、太原、乌鲁木齐、库尔勒、成都、长春、无锡、大庆、银川、呼伦贝尔、厦门、宁波……直到今天，他一直在路上，为了能喝上我请的这顿酒而在机场转来转去。

·宅人·

杜先生死了。

我是从报纸上得知这一消息的。有点晚了,若早一天获知他的死讯,我至少能赶去参加遗体告别仪式。报道中称,他的遗体已经火化,不少学界同行出席了追悼活动,一位国家级的领导人还送了花圈。

很遗憾,也很内疚。杜先生是我的老师,我是听过他课的数以千计的学生之一。不管于情于理,我都该去送送他。可惜,我事先不知道他去世了。他死后一周才火化的,我本应该知道的。错过了一时,便错过了一世,我真的没听说他已经死了。这让我心里一直很纠结。如今只有写篇文章追念他了,愿他在天堂里仍然谈笑风生,不再怪罪我的冷漠。我确实是从报纸上读到他的死讯的,而且是火化的第二天。严格说来,这也不能完全怪我。

掐指算来,杜老师已卧床十年了。我几乎每隔一段时间都会萌动前往探望的心愿,但理智总在提醒和警告我,探望老师的学生一定络绎不绝,时间还长着呢,你就别去凑热闹啦!尤其是逢年过节的时候,我去看望老师的冲动格外强烈,有几回我差一点穿上衣服准备出门了,又是一种冷峻的声音制止了我的脚步:冲动是魔鬼!我不得不重新坐回沙发上,掐着虎口和大腿，让自己的血液尽量调整到正常的流速，脑袋不能过热。中间至少有两次，我的同学在电话里告诉我，说先生提起了我，似乎有嗔怪我不去探访的意思。并且这位同学还约我方便时一起去老师家里坐坐，我迟疑了一阵子，十分为难地向他解释我最近太忙了，等有空一定去拜见他老人家。然而，时光飞逝，日月如梭，一晃竟过去了十年。

我很惭愧，也很自责。我准备写一篇回忆文章，用真诚感人的文字纪念他，向他表达我深情的哀思。

文章从何写起呢？我只能实话实说："我与杜先生是邻居，住在同一幢公寓同一个门洞的同一层，他住6号，我在7号……"

请不要指责我，我的文章只写了一半就中断了。因为我父亲病了，已住院近两年。我是从网上看到的。在教师节前夕，一位省级主要领导去医院里慰问他老人家，还登了照片。父亲也是位专家，名气与我的老师杜先生不相上下。但他并不与我住一起，而是住在大楼的另一头。虽说距离略显远了点，我还是决定先去看看他，然后再把那篇追忆文章写完。

• 理想 •

人人都有理想，丁二伯的理想是痛痛快快地揍关大爷一顿。

这两位老头我都认识，原来住在一个大杂院里。

丁二伯常跟我念叨，说他从小就想狠狠地把姓关的揍一顿，要让他四脚朝天、满地找牙。

关大爷比丁二伯大十岁。据丁二伯讲，他从五岁开始就讨厌姓关的。那时关大爷十五岁，半大小子，跟着他爹弹棉花，有事没事爱欺负个人儿，常弹丁二伯的脑门儿，疼得他嗷嗷直叫。还抢过他的糖葫芦，愣是把丁二伯含在口中的山楂给抠出来塞进自个儿的嘴里。丁二伯气得在地上直打滚，没办法，因为自己太小了，打不过他。

丁二伯十五岁时，关大爷二十五了，孩子都满院子跑了。丁二伯上下学经过院子门口，常能看见剃着光溜溜的脑袋的关大爷哼着小曲，坐在门槛上，那副德性，着实让丁二伯从心里堵得慌。他每每从他身边经过，姓关的总忘不了朝他翻翻白眼，捎带着说两句风凉话："小子，读大学了吧，大哥考考你，一加一等于几啊？"丁二伯把拳头攥得紧紧的，但从未打出去，他恨自己长得瘦小，都过了十五岁，个头还不到姓关的肩膀。

二十五岁时，丁二伯越发没信心了，因为发育期已经过去了，自己的脑袋还是停留在姓关的肩膀头子附近，看来在身高方面永远不会比姓关的占有优势。个子不高，四肢也显得单薄。关大爷常奚落他："我说，丁二啊，你小子是吃屎喝尿长大的？你瞧你的小胳膊小腿，整个一瘦蚊子。吃屎喝尿还能长成个矮瓜样儿，豆芽菜都比你壮，我说，你趴在你媳妇身上她有感觉吗，别让她把你当成蚊子给拍死啦。"丁二伯一听，全身的血直往脑门子上涌，恨不能一脚踢死这姓关的。没办法，还是不敢轻举妄动。

丁二伯立志一定要报仇，总有一天他要当着大伙儿的面，把姓关的打得鼻青脸肿、嘴斜眼歪、头破血流，让他磕头求饶，口服心服。丁二伯从小就树立的要揍关大爷一顿的理想到了中年时代越发坚定了。

丁二伯三十五岁时，关大爷四十五岁，不行，丁二伯不敢下手。关大爷五十五岁时，丁二伯四十五岁，他掂量着还是不敢动手，因为姓关的扛着一百五十斤一麻袋的大豆还能一溜小跑，丁二伯用不了一百斤就会被压得粉碎性骨折。关大爷六十五了，开始有了老态，走路时腰板不像以前那么直挺了，夜里还常咳嗽。丁二伯觉得时机差不多成熟了，他好几次要动手都未得逞。要么是当时他头有点晕，要么是只有他俩在一起，没其他人在场，他觉得打他没意思，再说也不太保险，万一打不过他，周围总得有个拉架的。

丁二伯终于熬到了六十五岁，关大爷七十五岁的生日刚过。丁二伯敢找姓关的叫板了，他开始在关大爷面前说风凉话了，偶尔当众挤对他。关大爷比过去蔫多了，嘿、嘿、嘿地不像从前脾气那么大了。丁二伯下决心要实现儿时的理想了,他锻炼了十多年了,光沙袋子就打烂了好几个。他觉得有十分的把握,终于可以在众人面前讨回尊严了。真是老天爷不开眼,就在他想动手的头一天晚上,丁二伯肚子坏了,拉了三天的稀,人都脱了相,在床上躺了两个月,出来通通风还得扶着墙。

　　丁二伯错过了最好的时机。为了恢复体力,他用了整整五年时间,爬山练剑打拳,他觉得这回行了,姓关的走路晃晃荡荡,步子都走不稳了。丁二伯稍稍一展身手,关大爷就得缺胳膊少腿。没想到倒霉的事都让丁二伯给摊上了,就在他要去找关大爷茬儿的那天,关大爷家哭成了一团。他老人家咽气了。

　　姓关的没等丁二伯动手就撒手西归了,这把丁二伯气得号啕大哭。他恨自己没用,一辈子就这么个理想都没实现。他捶胸顿足,骂姓关的是胆小鬼,没出息,不敢跟丁某人交手。

　　丁二伯一口恶气未出,没出一个月,也离开了人世。他儿子说,我家老爷子去阴间找关大爷打架去了。

　　后来,听他家人说,丁二伯能活到七十岁是个奇迹,他五十岁时得了癌症,大夫说活不过一年,家里人一直瞒着他。他家里人还说,老爷子能活这么多年,真得感谢关大爷。

辩手

凡是读过大学的人，恐怕没有不知道大学校园里盛行的辩论赛的。

那是一种极具刺激性的口腔运动，必须按照规则打一场残酷的嘴仗，其胜利的秘诀是不讲理，或者说是非常做作地讲歪理。

正反双方的辩手分列两排，中间坐着主持人，扮演着拉架和煽风点火的角色。双方各出场三人，分别称为一辩手、二辩手和三辩手。题目靠抓阄儿决定，如果正题是"先有鸡"，那反方就必须坚持"先有蛋"，接下来就是一番厮杀，鸡和蛋的先后问题在那一瞬间变成了这个世界的根本问题。双方为驳斥对方观点的荒谬与可笑，装腔作势地引经据典，冷嘲热讽，苦苦相逼，最终的结果肯定是鸡飞蛋打。正反两方都在脸红脖子粗的状态中获得快感。赢者便获得诸如"鸡毛杯"大奖赛奖杯或奖状。

我是受同学们煽动而参加了大学期间的唯一一次比赛。我生性懦弱、胆小怕事，在人前讲话面红心跳腿哆嗦，如果不是团支部书记把我能否参加这次比赛作为对我是否具有入团资格的考验的话，我决不会去丢人现眼的。

为了尽量能为班级争光，我花了半个多月的时间准备辩论赛所需的各种鸡零狗碎的知识。我还练嘴皮子说绕口令，反复训练抢答、接话头的速度。

那一天终于到了。辩论赛在一个能容纳四百多人的大教室里举行,底下坐满了助威加油和看热闹的好事者。那次的辩题是"有钱好办事"和"没钱好办事",我方选择了"有钱好办事"。

辩论刚一开始,双方的一辩就唇枪舌剑地交上了火。等到进入自由辩论阶段,我的嗓子冒了烟,一句话也说不出来了。对方那个小丫头片子乘机抢过话茬儿,机关枪连珠炮般地向我扫射。她请求评委注意我的无知和逻辑混乱,她还希望听众理解我的弱智和语无伦次。她每讲一句话,总是先提醒大家回忆一下"我的对方辩手刚才所阐述的观点"是如何如何的可笑和可悲,是如何如何的荒谬与荒唐,是如何如何的无知和无耻等等。天啊,我无言以对。我的血在往头上涌,我认为辩论不能置道德与公理而不顾,她怎么能当众撒谎,偷换概念,强词夺理,那些结论都是她强加于我的,我压根儿没"阐述"过她所谓的"对方辩手的观点",那些比她还无礼的听众竟然对她的蛮横报以一阵阵雷鸣般的掌声和欢呼。我无法忍受和克制了,我忘了辩论赛的规则,"腾"地一下站了起来,一个箭步冲过去揪着那位辩手的脖领子,狠狠地扇了她一个响亮的耳光。

如果不是主持人和其他辩手迅速把我拉开的话,我还不知道结果会怎样。

那次辩论赛的结果是,她赢得了"最佳辩手"称号,而我被学校予以"留校察看"处分。因为,我违反了辩论规则——君子动口不动手。

脾气暴躁和通情达理的人千万别参加这类比赛。

·臆造的故事·

故事是我讲的，但不是我编的。我记不清是从哪份报纸上读到的。

英国一个小城市，三十多年未发生一次火灾，这本来是件值得骄傲的事情，说明居民的防火意识强以及消防部门的平常努力是卓有成效的。但有些人却偏偏往消极的一面去想。一些市民开始质疑消防队存在的必要性，认为他们白白花去了纳税人的辛苦钱，整日无所事事，把肚子都养大了。个别消防队员回到家里，也遭到妻子儿女的嘲讽与调侃。有几位队员从参加工作之日起，直到退休，竟然从未救过一次火，这让他们很没面子，缺少起码的成就感。市议会根据市民的意见，正酝酿削减消防预算，降低他们的工资福利待遇。这些舆论和措施难免让消防队员们产生压力并感到委屈。他们纷纷表示要有所作为，尽快改变各方的偏见。于是，消防队员们开始有计划地纵火，然后再紧急施救。他们在一年内，先后点燃了两家超市、三幢民宅、一家医院、六辆汽车和一座垃圾站，并成功地予以扑救。市民们对他们的英勇行为给予了高度赞扬。消防队长和其他队员均获得了相应的表彰和晋升。

这个荒唐而又耐人寻味的恶作剧，是我在参加我的同学升迁聚会时随口讲出的，并没有暗示什么。也许是喝了酒的缘故，那位刚获得晋升的同学显得格外激动。他当着众人的面，把我劈头盖脸地抢白了一顿，并指着我的鼻子撂下狠话："这事不算完，你得对这个故事负责！"

这事把我搞得很郁闷，不管怎么解释他都不接受，非让我为此付出代价。当然，我也没什么好担心的，自己只是一介教师，教好课是我唯一的工作。

然而时过不久，教研室主任神神秘秘地提醒我在课堂讲课时要注意把握分寸。他说得含含糊糊，我听得晕晕乎乎。我反复回忆自己近期的言论，仍搞不清"分寸"的含义。为此，我还主动建议系里调看一下课堂录像，帮我查找那些有失"分寸"的可疑之处。又过了段时间，系领导郑重其事地找我谈话，严肃地指出我在与学生接触过程中可能存在的种种不理智不检点的过激行为。我的情绪逐渐激动起来，开始提高嗓音向领导澄清事实，试图为自己的清白讨一个说法。我甚至告诉领导，我平时除了上课，私下里几乎没跟任何学生有过接触，更谈不上不检点的言行了。系领导批评我说："你看你看，一提点不同意见你就火冒三丈。这难道不是不理智的表现吗？！再说了，古人云'有则改之，无则加勉'嘛，我们跟你谈话，都是为了你好，担心你在错误的道路上越走越远。又再说了，我们之所以正式找你谈谈，那肯定不是无中生有、空穴来风。直接说白了吧，上级转过来了好几封匿名举报信，都是反映你的问题的，你可得正确对待呦！"

匿名举报的结果召来了异样的目光，无法核实所带来的心理压力不可名状。学期末的考核我被降为勉强合格一档，没有任何辩解与澄清的可能,因为师生"主观印象"分数偏低。

大概过了一年左右,我的那位近年来一直官运亨通的中学同学出了点小问题被调离了工作岗位。听其他同学说,由于他从事的是众所周知司空见惯的特殊工作,其与生俱来的积极性空前高涨,始终憋足了劲儿渴望立功受奖,凡是他分管的单位,总有"不稳定"的因素存在,能三天两头地发现小传单、手机短信、网络帖子等各类不良信息,很受上级重视和赏识,不断获得提拔。后来发现,这些破坏和谐的有害信息,均出自他的手笔,与英国小城消防队当年的作为如出一辙。

我至今不敢断定那几封针对我的所谓举报信是否是这位同学的创意,但有一点我必须坦白,当年读大学时,他曾经托我以一位目击者的名义帮他写一封表扬信寄给学校有关部门,赞扬他臆想的"见义勇为"的感人故事。我参与编造了这个欺骗组织的故事,但我从未跟别人讲述过。

一碗面条

一碗面条把考察团的教授们划分为两派,即吃面条的一派和未吃面条的另一派。这碗普普通通的面条成了一把尺子、一面镜子,它衡量对照着每一个人。

故事是这样的。一个大学教师(主要是教授)考察团一行二十二人在英国访问期间曾遇到过这么一件小事。一天,他们下榻的某个小旅店,被告知不能提供晚饭。当领队和导游把这个消息通知给大家的时候,教授们一片哗然。"这怎么行呢!难道要把我们饿死不成!"大伙儿冲着领队(又叫团长)吼了起来。

团长说:"各位不要激动,我提一个建议,看看这么解决行不行。一种方案是我们一起租一辆车到城里吃饭,因为这附近没有餐馆。另一个方案是,我们把餐费发给大家,由个人选择。在旅店的左右两边各有一家咖啡馆和酒吧,不想吃饭的老师可以泡泡酒吧,喝喝咖啡,体味一下英国小镇的夜生活。如果有人想吃饭,就自己结伙打出租车到城里去。据导游介绍,这里距城里约有十公里,那里有一家中国餐馆,可以吃到汤面,一碗面条大概是5英镑。各位吃完了面条还可以顺便逛逛街,买买东西。怎么样,是同意第一个方案一起去吃面条,还是每人发10英镑自己安排?"话音刚落,几乎所有的人都异口同声地喊:"发钱!"

于是每位教授当即领到了10英镑。

钱拿到手后,有几位教授说,今天中午吃多了,现在肚子还胀得很,晚饭一口也吃不下了。

还有几位教授表示,出国这几天体重增加了,得想法子减减肥了,正好可以从今天做起。

另有几位对建议去酒吧坐坐的一个年轻人说,酒吧咱中国有的是,何苦"不远万里"跑到这鬼地方装作有情调呢?那位年轻人碍于情面没好意思再坚持。

其中有一位于教授说得最爽快:花5英镑去城里喝碗面条,还要打出租车,谁去谁有病!连面带车还不得10英镑啊!合人民币150块钱,那面条是金丝做的啊!不去,宁肯勒紧腰带也不去,省了。谁爱去谁去,我舍不得花钱。我回屋睡觉了,俗话说得好,"营养不足睡眠补",睡着了,就不觉得饿了。

最后有四位教授经过反复斟酌犹豫,还是选择了去吃面条。他们三男一女合伙打了辆出租车,一块儿进了城。而那位女教授事先做了声明:"我一点都不饿,我是想去城里逛逛商店。你们男的先吃面,我在门口等着。等你们吃完了饭,陪我一起逛。"这位女教授自认为独具慧眼,一路上不放过任何地摊、小店,她好像比警犬还灵敏,四处寻找比中国便宜的袜子、内裤之类的,不停地在嘴里唠叨着各种商品的比价。

故事还没有结束。在整个考察团中,吃面条的是少数,仅有四个人(其实,只买了三碗面,在男士的劝说下,那位女教授要了个空碗，从其他三个人的碗里各分了一点，她说只是尝尝）。这四位教授由于采取了与大多数人不一致的选择，而受到了众人的群起嘲笑，从他们进城的那一刻起，这四位便成了考察团中的"另类"了。

"这几个家伙简直是臭极了，一个个自私自利的，看见吃的就红了眼了。"

"喊，这号人不值得一提，跟猪似的，除了吃还知道啥？"

"哎？那个老王不是你们系的，他是不是很有钱啊？"

"是啊，他老婆是学校财务处的副处长，哪能缺钱花呢！"

"还有你们院的那个老李，听说平时净在外边赚钱，课讲得挺臭，钱挣得倒不少，是吗？"

"嗨，这年头，老实人吃亏呗，那些有钱人有几个好东西！连5英镑一碗的面条都敢吃，人品能好吗？"

"倒也不能这么说！我们不是舍不得花钱，也不是没有钱。有了钱也不能摆阔吧，瞧这几位刚才看我们那种眼神，好像我们是乞丐似的。咱也有钱，不比他们穷！牛什么呀！"

"等他们回来就知道了，肯定后悔啦。说不定餐馆关门了呢。"

"要我说，这里的中餐馆卫生条件肯定不行。面条里弄不好还有苍蝇、蟑螂呢！你们瞧着吧，这几个家伙没等回来就跑肚拉稀啦！"

"哎，咱们应该先把厕所里的手纸给藏起来，看他们怎么办！"

没进城的这些人中有十来位一直饿着肚子站在小旅馆的门

口等着看吃面条的恶棍们回来时的惨相,另外几位自带了饼干、方便面的老兄老姐心态相对平和一些,他们为多得了10英镑而喜悦,当然也为没有去中国餐馆吃上面条而有些愤愤不平。

可恨的是那四位"脑袋有病"的"有钱人",竟然兴高采烈、手舞足蹈地回来了。他们夸张地打着饱嗝,拍着肚皮,说话那口气,好像不是喝了碗面条,倒像是在皇宫里吃了什么大餐似的。

兜里揣着10英镑,肚子里却咕咕叫的这伙人,群情激愤,把这四位吃面条的富人骂了个狗血喷头。幸亏"面条派"的这几位见势不妙,未敢顶嘴,否则,那天晚上搞不好能弄出血案来呢!

在剩下的几天里,考察团中的"面条派"明显地陷入了孤立状态。没有人主动帮助他们拍照,更没有人帮他们照看行李。而那些非面条派的教授们都变得趾高气扬了。

"吃碗面条,看似小事,实为大事,处理得不好,会影响稳定的大局。因此,我们要学会从讲政治的高度,看待一些平平常常的小事情。"团长讲得对,不少人都这么认为。

· 一顿饭 ·

这是一支由教授们组成的高级学术交流团,正在北京机场等候启程前往欧洲。

果然不出所料,飞机起飞的时间延误了两个小时。机场广播里不时地传出那句口头禅:"十分遗憾地通知您,您所乘坐的飞往某某地的某某次航班,因某某原因,不能按时起飞,请您在原地休息,等待我们新的通知。"凡是乘飞机外出的人,都听惯了这套话,早就习以为常了。有人说,候机大厅就是为飞机不能按时起飞而设立的,如果飞机能准时起飞,就不需要建候机楼了。那为什么还要公布航班的时刻表呢?傻瓜,没有时刻表,您怎么会知道飞机误点呢!少数乘客会因起飞时间的一再延误而焦躁不安,甚至会很不知趣地去找机场的管理人员讨个说法或声称要向有关部门索赔投诉等等,还有个别脾气欠佳的客人扬言要砸了机场。对于前者即少数人的"非难",机场管理者一般都笑着回答:"您头一次坐飞机吧?"而对于那些胆敢口出狂言的"个别人",机场就不那么客气了。"砸机场?这是典型的恐怖主义行为!想找死啊?"

教授们常出差,也常出国。飞机延误之类的事情再平常不过了,他们才见怪不怪呢!因此,当广播里传出播音小姐那甜甜的抱歉通知时,多数教授都一脸麻木,毫无反应地坐在那里闭目养神。

"那午饭怎么办？总不能让我们饿肚子吧！"统计学院专攻精算史的黄教授冲着交流团承办单位的领队大声问道。

如同一颗炸弹在人群中爆炸了一样，这句话一下子把处于半昏迷状态的二十八位教授全部惊醒了。"是啊，是啊，早晨为了赶飞机，我也没吃什么。这回又晚点，弄不好晚饭也没着落，总得填填肚子吧！"

大家七嘴八舌地发表各自的意见和建议。迫于高级知识分子团结一致的巨大压力，领队决定从机动经费中给每人发50块钱，作为午餐费，由自己解决午饭问题。教授们对于这一方案十分满意。

钱拿到手后，没有人喊饿了。一个个争先恐后地主动要求留在座位上替别人照看行李，把先吃饭的机会让给同行的其他人。

"我不饿，我刚才在吸烟室抽了根烟，肚子里饱饱的，您先去吃吧。"

"不，不，不，还是你们先去吧，昨天我的几个研究生为我饯行，吃多了，胃里现在还胀得难受，还是谁饿了谁先吃吧！"

"黄教授，你快去呀！你嚷嚷得最凶。别饿得不省人事啦！"

"我？我这两天肚子不舒服，有饿的感觉，可吃不下东西，见到食物就想吐。我不吃了！"黄教授态度很坚决。

教授们你谦我让了好一阵子，谁都不肯先离开座位。

"那我去吃碗面条了。"终于有人熬不住了,脸色难堪地站了起来。

"我也跟您去吧,给您做个伴儿。"一个姓廖的教授笑嘻嘻地附和着。

"好吧,你俩慢慢吃,别噎着,听说机场里的饭跟猪食差不多!"人群中有人恶狠狠地提醒道。

"太贵了,简直是抢劫。比抢劫还狠。"廖教授满脸苍白地跑了回来,"一碗烂面条要50块钱,太不像话了!"

"您吃了吗?"有人幸灾乐祸地关心他。

"吃个屁!简直是没王法啦!凭什么那么贵,中国没个好!"廖教授气愤得手都哆嗦了。

"吃个屁得多少钱!您没打听打听?"黄教授兴奋地火上浇油。

"免费!你要吃,我给你放一个。"廖教授没好气地回敬了黄教授一句。他把手提包打开,开始从里面寻找能吃的东西。

与廖教授一同去餐厅的另一位姓吴的教授回来了,他一脸的满足,老远就冲着同行的其他教授们拍着肚子,还不时地在大庭广众之下夸张地剔着牙。"好啊,有汤有水,有面有肉,热乎乎的,幸福啊!才50块钱一碗,值啊,真值啊!"他不停地唠叨着。

又有人坐不住了,开始往餐厅里跑。还有几位没去餐厅,跑到小食品柜台买点面包、豆腐干、巧克力之类的充充饥。有些教授早有准备,从包里翻出了一些零食,就着矿泉水,咀嚼起来。

到下午四点多钟,除了黄教授之外,其他二十七位教授均多多少少地吃了点东西。据经济学家黄教授统计,有七位到餐厅吃了牛肉面(其中一位还买了听啤酒,44元),十一位到食品柜台买了饼干、面包之类的小吃,还有九位是靠自备的方便面、咸鸭蛋、榨菜等解决了午饭问题。而黄教授本人既没去餐厅又没买零食,更没有自带干粮,也就是说,他没吃没喝度过了大半天。

黄教授的所作所为激怒了其他教授。大伙儿不约而同地开始向他开了火。

一个说:"老黄,你是属骆驼的吧,你最适合去塔克拉玛干沙漠里工作啦!"

另一个接过话茬:"你们发现了没有,老黄长得有点像木乃伊,瘦得跟干尸似的。"

还有一位凑过来,"黄教授,省钱吧,像您这么省钱,将来一定能买个高档的骨灰盒!"

几乎所有的人都对黄教授没吃这顿午饭义愤填膺。

黄教授尴尬地苦笑着跟各位挑衅者打着哈哈,他既后悔不该不吃午饭,又庆幸自己省了50块钱。

登上飞机后,大伙儿还是不依不饶地拿他出气,等空姐送饭时,差不多全体交流团的教授们都异口同声地告诉空中小姐,这位先生的胃不适,不能进食,并把发给老黄的那份饭抢了过去。

黄教授出国半个月,苦恼了十五天。一路上他成了众人嘲弄的对象，由善意的玩笑演变为恶毒的攻击。通过集体的智慧，老黄被塑造成了一个小气鬼、守财奴、妻管严，要钱不要命的十恶不赦的败类。他的经验告诉我们，人有些时候，是绝不能少吃一顿饭的。

·海龟·

我们把学成归国人员亲切而俏皮地称为"海龟（归）派"。海龟的形态惹人喜爱，"海龟（归）派"更是受人尊敬。

"海龟"们是顺着市场经济的大潮游回来的，他们借的是改革开放的东风。于是在政府机关、要害部门以及大院大所、著名公司的关键岗位上，到处都有"海龟"们奋力划水的潇洒倩影。

我的中学同学"胡大白话"就是一个著名"海龟"。"胡大白话"是外号，我们这样称呼他纯粹是出于对他的尊重，因为他的大名还不如绰号好听。因此，他宁肯让我们喊他的外号，也不愿意听到自己的学名——胡放。胡放原名叫胡大放，其孪生兄弟叫胡大鸣，一听名字，就知道他们的出生年代了——1957年。后来哥俩一块改了名，去掉了中间的"大"字，变成胡鸣、胡放。这样一来淡化了不体面的政治色彩，二来隐去了实际年龄——可以根据情况卖老或装嫩。

"胡大白话"以前并不善谈，我刚才说了，"大白话"是从"放"演变而来的，只是出口做了调整。

胡放在国内考大学未遂，被他那做官的父亲直接送到国外，在国外前后共待了二十年。前些年，他妈妈见到我时，常抱怨他不争气，好长一段时间既不读书，又不打工。据他妈妈讲，胡放总打电话抱怨，读书太苦，打工太累。其实，我心里明白，对我认识的胡放来说，读书他太笨，干活又太懒。为了能让他在国外混下去，他的父母花了不少心思，每年要供给他20万以上的"学费"。

去年，胡放回国了，是学成回国的那种，就是政府哈腰作揖封官许愿，苦苦相劝给请回来的那类高级特殊顶尖人才。我是从报纸、电视等媒体上得知这个消息的。胡放已改名了，取了个土洋结合的大号，叫"胡汤姆"，说实话，他真该找个人给参谋参谋，否则不至于那么寒碜，叫"约翰·狗剩"也比"胡汤姆"雅气。

胡汤姆以美国某著名大学博士的头衔被聘任为省经贸委副主任，半年后因提议要去长江流域的某淡水湖里养殖海带而被视为"不太了解国情"。后又出任某市常务副市长，两个月后又因批准另一"海龟"同仁开设赌场而被调离，现任职于某大型研究机构。

我一直无缘与他再会，二十多年了，我作为"土鳖"始终未出国，因而自惭形秽。胡汤姆回国后，风光无限，我等下人只有在电视上一睹昔日同窗的尊容，不敢奢望高攀。

今夏的某日，我正在给研究生讲课，突然有人呼我。趁课间休息时，我马上回了电话。原来是胡放，也就是胡汤姆亲自找我，我受宠若惊，喜出望外。他盛情约我晚上一起吃饭，我迫不及待地答应了。

在一家挺讲究的饭店里见了面，我们边吃边聊，听"胡大白话"讲了许多国外见闻，都是我十多年前就从报刊书籍和电视台听过上百遍的新闻,以及关于赌城拉斯维加斯和"红灯"区、同性恋之类的老掉牙的逸事。他不时地抱怨国内的落后,包括经济、技术和思想观念诸多方面,又为自己的才华未能得到充分施展而愤愤不平。他举出了与他一起或前后回国的其他"海龟"们所得到的礼遇,某某升为正司级,某某升为副部级,某某分了洋楼,某某配了名车,某某年薪数额惊人等等,备感自己遭遇不公。我也为他惋惜,更为他现在住的数倍于我的房子和数十倍于我的薪水而鸣不平。从目前海归派的总体待遇来讲,他得到的确实不算多。

胡放,不,胡汤姆讲话时,时时伴以国骂、脏话并掺杂着英语单词。若除去这些东西,他那天晚上几乎是什么都没讲。他所说的那些事情,都是我后来花了好长时间才从他那些脏话和英语单词中提炼出来的。

吃完了饭,他跟服务员要了张纸,拿起笔在纸上写了好一阵子,我以为是给我留下通信地址或 E-mail、电话号码什么的,没想到他很认真地说:谢谢你能与我一起吃饭。今晚我们一共花了二百四十二块六毛钱,二一添作五,各付一半,你交一百二十一块三毛钱。

我从未遇到如此尴尬的事情。我甚至有一种被侮辱的感觉。

我如鲠在喉,喃喃地说:不是你请客吗?

他严肃地说:没有哇,我说得很清楚,是请你一起吃饭。你是答应的嘛。

他妈的,我心里骂道。"一起吃饭"与"请你吃饭"在中国谁能分得清呢。中国的王八怎么一出国就变成海龟了!

我说,算了,还是我请你吧,全部由我来付。

那不行,胡大白话、胡放、胡汤姆郑重其事地告诉我,事先说好的,不能违反事先约定,各付一半。

我愤怒了,赶紧掏钱,我恨不得把钱摔在他的脸上。

糟糕,他妈的,就为了同狗日的胡汤姆见面,我换了身新衣服,钱包忘带了。我再一次陷入了极端尴尬的境地。

我没带钱,我脸红得快流出了血。

胡汤姆怔了怔,说这样行吗,我先替你付账,过两天你还我,不过你先给我写个借条,这是纸和笔,给你。

我快憋死了,我拿起笔来飞快地写完了。我的全身都在发抖。

不行,你写错了,你只欠我一百二十一块三毛钱,而不是二百四十二块六毛钱,我自己付自己的那一半,请再写一张。这是观念的问题,你太 foolish 了。

我把牙根都咬松动了。我忍受着奇耻大辱重写了一遍。

回到家后,我连夜派人送去了那一百二十一块三毛钱并取回了那张欠条。

那张欠条现在就压在我写字台的玻璃板底下,它将永远成为我观念落后和陈旧的铁证。

万一

老范念念不忘的一句话是"不怕一万，就怕万一"。他把这句格言永远地随身携带，挂在嘴边，脱口而出。

这句口头禅颇富哲理，也有悬念。哲理人人皆知，悬念却是老蔡发现的。有一次，他突然问老范："伊万我知道，谁都不怕他。可万一是谁，我怎么从没听说过？他有什么好怕的？"老蔡故意拿老范开涮。

老范无疑是个做事谨慎的人，否则他就不会一张嘴就冒出这句警示语。

凡事都有反面，不可能百分之百的可靠。这在哲学上大概称之为偶然性。老范没有钻研过哲学，但对"万一"看得很重。他从不做没有把握的事情，只考虑"万一"带来的不幸。

比方说，老范当初主动放弃了考大学的机会。因为在他看来，万一要是考不上，那就太丢人了。考大学可不是人人都能如愿的，多数人都以落榜告终。所以，老范不想冒这个明摆着的风险。再说了，就算进了大学，万一课程跟不上呢？老范省得为这一连串的不确定性费心，干脆放弃了。

再比如说，老范至今仍未结婚。按照他的说法，结婚的风险更大。万一娶的老婆是个疯子呢？事先看得挺好，一过了门儿整个变了个人儿，这类教训太多了。老范说他有一个朋友，新婚之夜才发现新娘是个精神病,闹心啊!即使老婆一切正常,生的孩子却保不准缺胳膊少腿儿的,万一整出个怪胎,这辈子就全搭进去了。

当然,老范很少坐车乘船,因为车祸海难类的事故太可怕了。至于飞机,那连想都别想。

饭总是要吃的,老范吃饭时很少担心万一被噎死。水也是要喝的,他也不怕万一被呛死。朋友们常拿这些话刺激他。他反驳说,不吃不喝,那万一饿死渴死呢?不吃不喝肯定会饿死渴死,那是一万不是万一。有人纠正他。

老范不做一万的事,只想着万一的话,那就等于啥事都不做了。事实上,老范并没有闲着,他一直在做一件他认为是万无一失的事情,那就是动员别人买保险。由于"就怕万一"的心理在作怪,很多人都担心飞来的横祸会加害于自己,所以在老范的开导下,通过老范买了各类意外伤害保险,并因此获益。

不久前,老范在街边的一家餐馆吃饭,不料被一辆运货的卡车撞成了重伤,肋骨断了六根,两条腿粉碎性骨折,其他部位也都多少受到一些损伤。事故调查认定,那开车的司机属于疲劳驾驶,当时打了瞌睡。

躺在医院里的老范十分烦恼。他后悔那天不该为了省两块钱,坐在马路边上吃饭。可是谁会想到那万一呢?"真是不怕一万,就怕万一呢!"老范醒来时嘴里不停地叨咕着。

更令人不解的是,老范自己并没有买过人身意外保险,他的住院费成了问题。那个司机家里一贫如洗,只答应给他一头小猪。老蔡问他,你搞了这么多年保险,为什么不给自己准备一份呢?他回答说,你不懂,万一不出现意外,那钱不就白花了吗?

中毒

从现代医学的观点看，赵富贵能活到今天那简直是个奇迹。

像所有生活在穷乡僻壤的农村人一样，赵富贵一生下来，母亲就没了奶，他摄取营养的基本方式是靠大人们包括父母和邻居们随时把嘴里嚼烂的一些糊状食物吐到他的始终冲着别人张开的小嘴里。不到一岁，他就开始以舔食各种器皿上的残余物为主，来获取生长所需的各类养分。他舔过饭碗、菜刀、马勺、猪食槽子和狗食盆子等等。

两岁以后，他就能和大人们一样咀嚼和吞咽各类"危险物品"了。

乡下人收获的粮食和瓜果蔬菜要提供给城里人，剩余部分不足以维持一年的生计。一年当中总有两三个月是家家户户昼夜难熬的日子。

即使在秋收之后，也不敢痛痛快快地撑一顿，精打细算、省吃俭用是赵富贵等乡下人祖传的生存技能。

吃野菜、树叶、草根，吃野果、树皮、蘑菇，这是素的。有时也能改善一顿，如果遇到死猫、死狗、死耗子，谁家要是有点儿喜事，那就美了。比如生孩子、嫁姑娘、娶媳妇之类的，正好又能捡到条死猪崽子什么的，那请起客来就体面多了，一大锅汤里泛着油花，显得富裕。

捡不到就偷。偷兽医站治死的死猪死狗死牛犊子。偷拌着农药的花生种子大小麦种子，即使是撒在地里也有人去挖出来塞进嘴里。小孩子们饿得没有意志，顾不上秋天的收成，他们冒着挨大人暴打的风险，去田地偷吃农药化肥浸泡过的种子。赵富贵小时候常干这种事儿，他会带着一帮同龄人去果园里偷摘刚喷洒过"1059"剧毒农药的青苹果。没事儿，从来没听说谁家的孩子被毒死过。不像现在的城里人，把水果蔬菜泡上三天，再洗十多次，还战战兢兢地担心水果蔬菜上有残留的农药。屁，那年头在乡下哪有这些个穷讲究。

不光是赵富贵一个人如此，那些年乡下几乎人人都这样。不知道什么叫"食物中毒"，尽管他们吃的东西全都腐烂发霉，长着绿毛，上面爬满了苍蝇和白蛆。

从前几年开始，赵富贵进了城。他四处捡拾破烂，遇到城里人扔到垃圾桶里的长了毛的馒头、点心、鸡鸭鱼肉之类的食物，他都捡起来装进麻袋里，除了自己吃之外，每过一段时间他就扛回乡下，让老婆孩子也跟着解解馋。邻居们偶尔也能沾点光。生活条件改善了，赵富贵变胖了，要知道，胖子在穷乡僻壤是罕见的怪物。

一位城里的医生发现了赵富贵。那天赵富贵正在大夫家楼前的垃圾桶旁狼吞虎咽地享受着城里人扔的变了质的美味佳肴。医生惊呆了，他把赵富贵拖进了医院准备抢救。检查化验的结果又把医生吓坏了，赵富贵的各项检查结果均属正常。

医生可怜他又敬佩他，非要请赵富贵到一家高级饭店吃顿饭。赵富贵活了半辈子哪见过这么高级的饭菜,他美美地吃了一顿,还喝了三大杯新榨的果汁饮料。

那天晚上,赵富贵上吐下泻,发着高烧,幸亏被一个讨饭的乞丐发现了,用偏方把他救了过来。

赵富贵差一点送了命。从那以后,他逢人便讲,穷人可不能吃新鲜东西,那会死人的。乡下人要是吃了城里人的饭,保准儿要"食物中毒"。

• 游伴 •

坐在我旁边座位上的游客显然不是头一次出国。人未坐定，包还没放好，她就像马桶漏水似的哗哗啦啦地说个不停。

"你没出过国吧？"她十分肯定地用了个否定式问句。这位穿戴打扮离奇，面部皱纹鲜明的老中青"三结合"模样的小姐妈妈，屁股刚一落座，就张罗着换拖鞋。我微笑着点点头："您看出来了，我是第一次出国。"

"你不说我就知道。你听说过'你是新来的吧'那个笑话吗？哈哈哈，我一想起这个笑话就笑得不行，我讲给你听。说是精神病院——哈哈哈……我讲不下去了，真是太可笑了。等我以后再给你讲吧，反正这一路上有的是时间。哎，你瞧见我这双红拖鞋了没有，真皮的，我上次去意大利买的，在国内贵着呢，名牌！"她一边说一边把脚抬起来，"哎哟哟，疼死我了，这该死的车座位这么窄，把我的膝盖都快碰碎了。"她把裙子撩起来开始揉膝盖。

"你瞧我这裙子，法国的，是戴安娜王妃喜欢的牌子，这是去年我到法国那家专卖店买的，价钱贵得吓人，一般人都不敢进那家店，光是站在橱窗外瞧一瞧，过过干瘾。"她露出了一丝蔑视的笑容。

"英国和德国去过吗？哦，对了，你没出过国。这我早就看出来了。英国那儿有几家名牌店也不错,我这人就喜欢个打扮什么的,穿戴吃喝都不凑合,你说这人活一世图个啥?不就图个舒服嘛!何必呢,我一看见我们单位那些人,就觉得活得没劲!一天到晚从牙缝里往外抠钱,年纪不大,一个个穿得跟老大妈似的。哎,你说我有多大啦?"

"你不大,还没结婚吧?"我明显地嘲弄着。

"你别逗了,你是什么眼神呀!我女儿都快结婚啦!"她兴奋地反驳道。

"是吗?我还真看不出来,我以为你是刚参加工作的大学毕业生呢。"我继续满足她的渴求。

"真的吗?你觉得我有品位吧?说老实话,大学我是没念过,那不怪我。从小学到初中,我在班里绝对是学习尖子。后来,咱们这一代不是给耽误了吗?嗨!话又说回来了,不上大学不也挺好吗?你看现在那些大学生,也就那么回事儿,有文凭,没水平;有学位,没品位。我跟你讲,我们单位前年来了个女大学生,哎呀,要多土有多土,就跟你差不多,对不起,你瞧我这个人就是心直口快,想啥就说啥,从不拐弯抹角,不像我们单位有些人,为了往上爬,成天拍马屁,对,就是PMP,这是我女儿告诉我的,可真逗。现在的年轻人说的话我是听不懂了……"看她那架势,是不打算停下来了。

我把眼睛闭上,试图提醒她住嘴。"你别睡觉呀,这刚到国外,不能睡,还没倒时差呢!"她边说边用胳膊拐我。我赶紧睁开眼睛,把脑袋偏向窗外。

"这没有什么好看的,那些教堂、大楼啊,都长得差不多一个模样,上面尖尖的,能把飞机扎破了。你说这个也怪了,非得去看什么自然景观,哪儿不是山啊,水啊,花啊,树啊,我看都一样……这个地方我来过,叫什么来着,对,你说得对,就叫凡尔赛宫,等会儿一下车,就带你去个好地方,离这个破什么宫很近,那儿有卖香水的,你们男人不会买,我帮你选……"她热情得让我透不过气来。

"你要去哪儿,看什么毕加索?嗨,那有啥看的!毕加索我开过,原先我买了一辆,后来我觉得档次不行,转手卖给我弟弟了。"她不屑地对我说。我无奈地问一句:"毕加索你开过,那高尔基呢?"她说:"你别逗了,什么鸡我都吃过。洋鸡、土鸡、肯德基,我都吃得反胃了!"

每到一个景点,她都告诉我说她早就来过,不厌其烦地给我看她买过东西或吃过饭的地方。于是,我没用一天的工夫,就清楚地了解到她所穿的外套、裤子、裙子、内衣、内裤及胸罩和每天涂抹的名牌化妆品的牌子了。她一再自豪地向我宣誓:"不是大牌、名牌,我绝对不穿不用!"

一路上,只要一坐上大巴,她就如影随形般地黏上了我,我无处躲藏。我的心情糟透了,性子越来越急。我从客气、提醒,到嘲讽、挤对,以至发展到大声呵斥、下车撒腿就跑的地步。一切均不奏效。说实话,我都动了杀人和自杀的念头,但一直没敢,也没机会下手。

我的欧洲之旅就这样被一位穿着露脐装的半老太太给搅和了。我本想去旅行社投诉,可那又有什么用呢?我不想提起这次令人沮丧、恶心和窒息的旅行,但坐在我身边的那位你无法选择的游伴却时时在脑海里挥之不去。我一生不会再参加什么旅游团了,我也奉劝那些兴致勃勃准备外出旅游的朋友,一定要记住我的教训:"旅游并不是最重要的,关键是要看你跟谁同行。"

表嫂

一

表嫂是表哥的媳妇,表哥是舅舅的儿子,我是舅舅的外甥,他们喊我大名叫三傻子,其实我不傻,表哥表嫂分得清。

表嫂是个大学生,城里人,她嫁给了乡下的表哥。表哥原来住在农村,后来考上了大学,现在也是城里人。表嫂老喊表哥"乡巴佬",我搞不大懂。表哥姓金,"乡巴佬"大概是他念大学以后改的笔名。

二

表嫂人长得水灵,说话的声音尖尖的,听多了扎得你耳朵眼儿疼。

她嫁给表哥心里头挺憋屈。结婚办事儿的那天她就好大的不高兴,阴着脸,皱着眉,还捂着鼻子嫌来喝喜酒的乡下亲戚身上臭。

她没给公婆磕头,也没弯腰鞠躬。表哥劝了她几句,她好不容易赏了表哥一个面子,学着当兵的模样,给公公婆婆敬了个举手礼。

表嫂说,她不怕,她长得俊,俊媳妇不怕见公婆。

表嫂还跟我说,嫁给我表哥算她瞎了眼。

我好好地端量了她的眼睛,小是小了点,但没瞎,真的。

三

舅妈告诉我,表嫂有三大爱好:一好哭穷,二好失眠,三好打扮。除了最后一条,前两条我觉得舅妈说得对。

表嫂人挺傲慢,不大爱理人,但跟我的话特别多,她常夸我,说三傻子真聪明。

她跟我念叨,在城里过日子得有钱才行,她没赚过大钱,生活过得很艰难,就连买房、买车的钱还得贷款。表嫂戴了不少首饰,光戒指就戴了好几个。她说没一个值钱的,钻石还不够"克拉"什么的,我也听不大明白。

反正我觉得表嫂挺穷的,真想给她捐十块钱,可惜我没有。

我劝她搬到乡下住,这里的日子好过。她用手指头戳了一下我的脑门,生气地说:说你傻,你还真傻!

四

表嫂差不多每年都能来一趟乡下,看望公公婆婆。城里离我们这儿挺远的,坐车得一个钟头。

每年秋收之后的"十一"长假或者是过年的时候,表哥陪着她一同回老家。

表嫂是个念书人,不会做家务活,特别是农村的大锅饭,她一见就发怵,每回一到家,她就往炕上一躺,斜靠着被垛。

我舅妈赶紧忙着烧炕做饭。外层厨房里热气腾腾,人走在对面都看不清鼻子眼睛。有一回,表嫂经过外屋时踩到了稀饭盆里,幸亏饭是凉的,要不非给她烫残废不可。表嫂笑得直捂肚子,说像是掉到了蒸汽罐里,什么也看不见。她还说,知道的是老婆婆做饭,不知道的还以为是张思德烧炭呢!

张思德我不认识,估计是表嫂的同学或熟人。

五

表嫂每次在家里只住三五日,然后由表哥开车把她送回城里。

秋收和过年期间,乡下的东西最多。地瓜、棒子、黄米、小米、绿豆、红豆、黄豆、瓜子、花生可多了,都是些不值钱的玩意儿,堆得屋里屋外满院子。

表嫂从城里来的时候,总要带几个空麻袋。回城时把汽车的后备箱和座位上都塞得满满的。

舅妈其实挺看不起这个儿媳妇的,她背后常说表嫂的坏话,嫌她抠门儿、爱贪便宜,从不给婆婆家捎东西。

有一次,我把舅妈说的坏话偷偷地告诉了表嫂。表嫂听了很气愤,指着我说,别听你舅妈瞎说,有一年她到城里看病,我还掏了五元钱呢！不信你去问问她。

我没敢去找舅妈对证，我觉得表嫂不会撒谎。

六

表嫂总说她睡不好觉，也就是读书人常得的病——失眠。

每次回老家，她都躺在炕上补觉。早饭不吃，一直要躺到晌午才起来。乡下人早晨起得早，天刚蒙蒙亮，家家户户就开始做饭，喝碗稀饭就下地干活去了。表嫂来家住时，舅妈就像做贼一样，走路干活都轻手轻脚的，生怕惊动了睡不着觉的儿媳妇，连嗓子眼痒痒了都得憋着，要跑到大院子外面老远的地方去咳嗽几声，清清嗓子。

表嫂临近晌午起来时，永远说两句话：哎呀，头疼！哼，眼睛又睡肿了！

从我头一次见到表嫂时，她每天起床就这两句话，如今已有二十年了。头疼不疼我不好说，但眼睛肯定不是睡肿的。她天生就长了对肿眼泡，这谁都能看得出来。

七

表哥在改名叫"乡巴佬"之前，外号叫"虎子"。小时候，我们都跟在他的屁股后面喊他"虎哥"。虎哥长得结实，比一般人高半个头。舅舅和舅妈很喜欢这个虎头虎脑的大儿子。虎哥力气大，脾气也大，不管是念书时，还是工作后，同学同事没人敢欺负他。他天不怕,地不怕,就是怕媳妇——我的表嫂。

表嫂小巧玲珑,就像一根豆芽菜,眼皮里都是水——肿眼泡安在她脸上一点都不难看,把那对小眼睛衬托得水灵灵的。就她那小身子,如果表哥轻轻地拍她一下,说不定能闹出人命来。

可就这么个小媳妇,愣是把表哥驯得服服帖帖。表嫂说东,表哥绝不说西。表嫂说好,表哥从不说坏。真有意思,也许我傻,我猜不透。舅妈常叹气,说这叫卤水点豆腐,一物降一物,你表哥是老虎,她就是打虎的武松。

我觉得好笑,天底下哪有长得跟豆芽菜一样的武二郎。

八

表嫂去年过年时又回婆婆家了。我觉得她老了,老得挺快。

表哥说,她老觉着自个儿的眼睛没长好,要把眼皮里的水抽掉,花了不少钱去美容院里做了手术,结果水没了,两个眼窝里密密麻麻地爬满了皱纹。

舅妈曾经说过,表嫂爱打扮。我并不同意她的看法。我觉得表嫂在穿着打扮上一点都不讲究:头发从不梳梳,乱蓬蓬的,穿衣服也不合体,可能是缺钱的缘故,衣服裤子让人看着总感到小一号似的,上衣连肚子都盖不上,去年回来时肚脐眼还露在外面,裤子紧绷绷的,裤腰也不够长。村里的人常说闲话，搞得我舅妈好没面子。

开春的时候，我跟我爹去城里买化肥。晌午时，我跟我爹商量着要到表嫂家看看。爹不赞成，说别去添麻烦了。我说从未去过表嫂家，怪想她的。爹拗不过我，就答应了。

表嫂热情地招待我们，说我们是稀客，还亲自下厨为我们爷儿俩做饭。她说我们头一回来，她说啥也得做点好吃的。她忙乎了好一阵子，端上了一盘炒土豆，那丝切得很细，比头发丝粗不了多少。我们两三口就吃光了，以为还有下一盘。表嫂说，这盘菜够她家吃一天了。

回来的路上，我问爹，表嫂是不是怪怪的？爹答，别胡说，人家念书人，还能跟咱大老粗一个样？

柔软的一团

现在那个揉成一团的"她"就摆在我的书桌上，我是用它系在脖子上上吊呢，还是套在头上冒充一回蒙面强盗去干点影响社会治安的坏事？经过深思熟虑，这两者我都没选择。我把它套在头上，对着镜子照了照，五官在朦胧中清晰着，阳光灿烂的午后窗外有了层薄雾，好奇妙的视觉。

柔软的一团

我兴致勃勃地夹了块三文鱼片,在眼前的酱碟里蘸了蘸,塞进了嘴里。一股热浪火烧火燎地涌上心头。眼睛像闹了水灾似的,哗哗淌泪。我慌忙抓起左手边的纸巾,堵住了汹涌而来的泪水,以防它流进塞满食物的嘴巴。

坐在对面的张照,目睹了我面部表情和脸色的剧烈变化,紧张而焦虑地问我:"你没事吧,不会猝死吧,要不要叫辆120急救车?"

"没事!作为一位作家,我突然为自己处在一个伟大的时代却没有写出一部伟大的作品而深感惭愧和自责,我不配吃这么丰盛的佳肴,这怎能不让我痛哭流涕呢!"我的真诚把同桌的朋友们感动得目瞪口呆。他们用惊异的目光锁定我,半天缓不过神来。

张照首先活了。他也夹了块鱼片在碟子里狠狠地蘸了两下,若有所思地塞进了嘴里。他的反应更加剧烈,"啊啊"地捂着嘴,连蹦带跳地夺门而逃。转眼工夫又泪流满面地坐到了我的对面,我看出来了,他的泪腺像自来水管一样爆裂了。

他泪眼蒙眬地紧盯着我,用警察训斥罪犯的口气跟我说:"我真替你的列祖列宗害臊。你作为人民一把屎一把尿喂养大的作家,处在这样一个伟大的时代却写不出一部伟大的作品,真他妈的不可饶恕！即使人民不枪毙你，你也不该心安理得地坐在这里喝酒。我可以把腰带解下来借给你用用，你拿它去上吊算了！及早结束自己的生命，这将是你为人民和国家做出的最大贡献！"他抓起一瓶矿泉水，咕咚咕咚地灌进肚子。

又有几位先后激动地淌下了热泪。他们异口同声地说"为什么我的眼里总是饱含泪水，因为这芥末太辣了"，并一致赞同张照的建议，催促我为国家做出最大的贡献。

我不想以这种方式体现自己的价值，更不愿意用张照的裤带套住我的脖子，若换个人的我倒可以考虑。我当即表示，请给我一点时间，我将写出一部惊世的作品，正如给我一把尺子，我就会量出地球的周长或者借我一个长筒袜，我也能充当蒙面大盗。

一位善解人意的女同学从洗手间出来时，当着全桌同学的面，恬不知耻兴高采烈地把一团透明的长筒袜递给了我。她自认为这带着体温和体味的薄纱，能唤回那逝去的青春并激活那曾经的理想。已经过了姥姥年龄的她仍滞留和沉浸在半个世纪前的少女时代，搔首弄姿嗲声嗲气情意绵绵地叮嘱我："好好珍藏它就如同珍藏一份最纯真最珍贵的感情一样。它是我的化身，把它献给你，就等于把我献给了你。你把它套在头上，抢银行不合适，它太透明了，最多只能当个采花大盗。若把它系在脖子上，照样能起到张照腰带的作用。它是名牌，贵着呢！"她不由分说地把那个软软的纱团塞进我的怀里，还当众在我的脸颊上亲了一下。我吐了，不停地摆着手："不喝了，不喝了，喝高了，胃里太难受了。"

当然，我当时就知道我撒谎了。因为那天的同学聚会我始终没喝酒，我的痔疮犯了，滴酒未沾，但我吐了。

出酒店时我本想随手把那位资深美女的连裤袜扔进垃圾桶里，但一直没有机会下手。除了我，其他同学都一如既往地醉成一群寻衅滋事的匪徒，他们口无遮拦地调戏着门口列队迎送客人的服务员小姐，并大呼小叫地嚷嚷着要去歌厅唱歌，却找不到去往歌厅的准确方向。还有几位坐在饭店大门口的台阶上，扯着嗓子吼起了《我们走在大路上》和《年轻的朋友来相会》。幸亏有三四位半醉半醒的优秀分子，在保安的协助下，将一个个烂醉如死的哥们拖进了出租车里。我痛苦地清醒着，后悔没与他们同醉。我担心这团薄纱长袜给我惹下说不清的麻烦，趁着混乱直接扔到了地上。一位保安责任心出奇的强，多事地喊了我："先生，您的东西掉了。"他恭敬地递给我柔软的一团。

"这不是我的。"我恼火地拒绝接受。

"肯定是您的，我看见是从您手里掉下的。"世界上怕就怕认真二字，这个小保安最讲认真。

"那好吧，谢谢啦！"我不想继续争辩，我把那团薄纱又塞进裤兜里。

如果让我老婆看见这团东西就彻底完了，至今想起来我仍然后怕。但，我没有老婆。这在当时我没有反应过来。多年以来，我一直以为我有妻子有孩子，可事实上我从未结过婚。这种幻觉很奇怪很特别。有时我甚至在酒后跟人说，太晚了，我得回家了，我老婆脾气不好，回去晚了她会揍我的。不熟悉我的人还信以为真呢，都说理解理解。我并非编瞎话骗人，我总觉得自己是个有妻室儿女的人，这大概是下意识在作弄我。下意识是个什么东东？弗洛伊德还有其他那些好事的心理学家们曾经琢磨过，我就不啰唆了。

现在那个揉成一团的"她"就摆在我的书桌上，我是用它系在脖子上上吊呢，还是套在头上冒充一回蒙面强盗去干点影响社会治安的坏事？经过深思熟虑，这两者我都没选择。我把它套在头上，对着镜子照了照，五官在朦胧中清晰着，阳光灿烂的午后窗外有了层薄雾，好奇妙的视觉。

我决定套着长筒袜子写作。它说不定能给我带来百年不遇千载难逢的创作灵感。多年来，小学中学大学的同学们经常逼迫利诱我写写他们，我此时觉得他们的要求和期望是可以实现的。有了这层罩上双眼的半老徐娘的长筒丝袜，我与他们的距离更近了。我要写写他们，都是真人真事，若有巧合，纯属必然。如果同学们今后怪罪于我，那我就说全是这条长筒丝袜惹的祸。

我戴着袜套，做了几个俯卧撑，又做了几个广播操里的踢腿动作和扩胸动作，然后又点了支烟，隔着丝袜费劲地猛吸了几口，那袜子残留的一丝女人体味被烈性的烟草味迅速赶跑了。我转身走到书桌前，一屁股坐在高背椅子上，双手抓着扶手，孩子般地上下颠了几下，然后拿起了笔，在稿纸上飞快地奔跑起来。

・消失的三轮车・

　　一夜成名的美事儿几乎都发生在演艺圈，一个歌星或演员可能会因一首歌或一部电影、电视剧或与某位导演的潜规则而受到疯狂追捧，突然蹿红。

　　但二丫不是，她只是一个在离家不远的马路旁摆个三轮车卖豆腐脑儿的普通北方姑娘，虽已年过二十五，但仍未找到有意娶她的男友。她相貌平平，又没有体面的职业和给力的父母，只好一边卖豆腐脑儿一边慢慢地等待那个常挂在姥姥嘴边的"缘分"。然而"缘分"未到，却先让她突然间走红，成为全县全市乃至全国的红人。

　　各类媒体记者蜂拥而上，围追堵截，闪光灯晃得她眼黑头晕，七嘴八舌的追问采访累得她口干舌燥。街道、政府和社会各界送来的红底金字的锦旗和五颜六色的鲜花塞满了她与父母同住的一间不足十五平方米的等待拆迁的简陋平房。她慌乱得像只受惊的兔子，东躲西藏、上蹿下跳，甚至想找个地缝钻进去，但不管她躲在哪里，总会被人拎着耳朵拖着后腿给拽上来，供众人围观学习。网络上除了追踪报道她的动人事迹外，还配发了一系列她的照片，把她的腼腆、尴尬、慌乱、羞涩、无奈的表情作为道德的本真而呈现给亿万网民。人们纷纷发表对她的溢美钦佩之词，她小学三年级的语文老师还找到了她当年的多篇作文，印证这位助人为乐的女青年从小就有经常扶老奶奶过马路的优秀品德。一位姓姜的社区居委会主任面对镜头，滔滔不绝地介绍二丫平时的种种积极表现，甚至免费提供豆腐脑儿给邻居大爷大妈吃，而这一切都是社区开展精神文明建设的成果……网上在连续报道和评论这个事件时，还忘不了对发生在我们身边的大量道德泯灭、人性缺失的恶劣行径（诸如幼童被车碾轧而路人熟视无睹等）的愤怒声讨和猛烈抨击！上级妇联等组织还为二丫颁发了奖状和奖金，授予她好几个荣誉称号并号召大家以她为榜样，争做有理想、有道德、有文化、有纪律的一代新人。

　　二丫的父母对女儿的突然成名表示了一定程度的迷茫不解，他们不仅没有为女儿感到骄傲，相反却变得愤愤不平和忧心忡忡。瘸腿父亲说："你咋就成了英雄了呢？我当年为从火车轮下救一个四岁的小孩而丢了一条腿也没受到这么大的表扬，隔壁你杨大爷星期天休息时听说厂子着火了，赶紧跑回去一头钻进火海抢救国家财产，浑身烧得焦皮烂肉，单位只给他评了个先进工作者，除了胸前佩戴了一个纸做的大红花，也没见有啥物质奖励！你只把倒在路边的老太太扶一下，就又是采访，又是照相的，又登报又上电视，这到底是咋的啦？"

　　母亲的看法与瘸腿父亲截然不同，她数落女儿说："你这个傻丫头，从小脑袋就不够用。多悬呢，老太太躺在路上，人家都不管，你非要扶一把。要是让老太太和家里人赖上了，非说是你给碰倒的，你说你怎么办嘛？医药费你得全赔，还得在法院吃官司！你逞的哪门儿强嘛！我和你爸平常都看不起病吃不起药，你孝敬谁不好非要去孝敬一个你不认识的老太太？还好，老天有眼，那个老太太有良心没有赖上你，你以后要敢再干这种傻事，我就打断你的腿，让你跟你那窝囊废的爸爸一样，瘫一辈子……"

二丫委屈地嘟囔着："我本来也不想去扶她，可远一看还以为是你摔倒了呢，她穿的那件鸭蛋青色的褂子跟你这几天穿的一模一样。"

不管怎样，事情总算过去了。十天之后，遥远的南方某城市又涌出了一起服役军人救助晕倒在地铁站上的老大爷的动人事迹。媒体的视线迅速从北方姑娘身上移开，聚焦于南方小伙子的惊人之举。

二丫终于恢复了平静，她又推着三轮车站在距家不远的马路边卖起了豆腐脑儿。

傍晚快收摊的时候，一男一女扶着一位老太太走了过来。经介绍，二丫认出来了，那位老人就是十几天前自己曾搀扶过的老太太，而那一男一女是她的女儿和女婿。他们说，二丫应该谢谢老太太。因为如果老人没跌倒，二丫就不会出名，就不会受到奖励。所以，他们的意思很明确，二丫总该有所表示，这也是中华民族的美德——知恩图报嘛！

二丫愣了好半天，眼睛里闪着泪光。她从围裙兜里掏出了一把零钱，塞给了老太太的女儿。那女的说，她们又不是乞丐，不能就这么打发了。她还说，她们虽没说老人是二丫撞倒的，可她身上的钱包却不见了……

二丫后来病了，再也没人看见那辆冒着热气的三轮车了。

·通向财富之路·

金虎答应事成之后送我一支金笔。"纯金打造的,重量不小于十公斤,拿不动没关系,就摆在你的桌子上,看着养眼。"他诚恳地劝我接受,并为此又和我干了一杯。

那天晚上,按金虎原先的打算是想替我镶一口金牙或送我一双金靴子,就为这,我们俩争吵了起来,又多喝了整整一瓶白酒。我不稀罕他的馈赠,镶金牙、穿金鞋太不雅观了,与我的身份不符,我不能让步,就跟他吵了起来。饭店里的服务小姐怕我们动起手来,还善意地劝了几句,说项链和戒指她最喜欢。金虎说:你把电话留给我,到时候我给你拎一袋子过来。

六年前,金虎送给我一块色彩鲜艳、形状奇特的珊瑚盆景。那时候他的生意在海上,常在大洋里漂。具体做什么我没细打听,好像与捕捞、运输和走私都有点关系。只记得他曾去过冲绳美军基地和亚丁湾,这两个地方比较敏感,所以我印象深刻。朋友圈子有人喊他"海盗",不知是指他的实际业务,还是冲着他的长相。他脸上确有一道疤痕,但分不清是刀砍的还是狗咬的。他似乎还干过一段海底文物的打捞营生,因为他送过我一只破碎的瓷碗,上面长了一层硬硬麻麻的贝壳类的东西。他说这是他亲自钻到水下挖出来的,送给我格外有意义。

三年前,金虎又把一块"煤精"摆到了我的面前,还雕成了一只乌鸦的造型。他说乌鸦好，在外国人眼里是吉祥鸟，现在我们与国际接轨，得跟老外信一样的东西。我笑着点头附和并接受了他的好意。他告诉我这两年不在海上漂了，登陆开煤矿了，生意很火，钱赚得堆成了山。他说黑粉和白粉一样，都是现金交易，成麻袋的钞票他懒得存入银行，就堆放在一个隐秘的仓库里，他没事的时候最喜欢在那钱山上爬来爬去。"你知道吗？钱币堆在一起散发出的气味是一股股恶臭，熏得脑仁疼，我现在已经习惯了，那味道叫我兴奋。"金虎连这种话都跟我说，可见我俩的关系非同一般。

我和金虎的关系确实非同一般，交往已有十多年了。刚认识他的时候也是在饭桌上，他当时就很有钱，但表面上都看不出来。半斤酒下肚，他跟我聊起了文学，还提到了三位作家的名字：萧红、钱钟书和马克·吐温。这让我多少有点摸不着头脑。当时我遇到的人没有说不爱好文学的，但让他们举个例子，说几个作家或一两部作品的名字，他们就尴尬地表示记忆力不好，看完就忘了。金虎竟然能一连串说出三个作家，而且还准确无误地告诉我马克·吐温不是中国人。我有些猝不及防的惊慌，连忙向他敬酒表达我的钦佩。金虎十分低调地谦虚着："哪里，哪里，一般一般。我还知道勾股定理呢！小学时我的'小九九'背得滚瓜烂熟。但我直到现在还是搞不明白宇宙大爆炸到底是谁干的。"

金虎是个讲信用的人，说过的话或答应的事儿都会有着落，不管你是否当真，他总是实实在在的。酒桌上承诺给我的十公斤重的金笔也不是戏言，因为他正筹划着开一座金矿，而且已经取得了探矿权。

探矿权三年过期,许可证上标的清清楚楚。金虎决心半年内要探明储量并完成全部地质资料的准备,他凭借的知识支撑主要来自他熟悉勾股定理和尚未搞明白的宇宙大爆炸理论。说干就干,金虎雷厉风行,雇用专业队伍往地下钻眼,又聘请更高明的专家分析岩心的矿物成分,每隔几天就给我打电话,报告工程进度。说是岩心的颜色开始淡淡地泛黄了。我不懂岩金开采的技术和含金量的测定标准,但我总觉得金虎看到岩石变黄的说法是爱好文学所致,想象的作用占了上风。因为我听金虎的朋友说,探矿的风险很大,据他们了解那里的地质状况不很理想,金虎可能被忽悠了。我也替他捏了把汗。

又过了大半年,金虎没有跟我联系。我开始相信了朋友间的传言,金虎的投资出了问题。我的金笔化为乌有了,尽管我压根就没指望过,却又感觉遭受了损失。

那年的正月十三,金虎忽然打来电话,说是到了我的楼下,要到家里坐坐,给我拜个晚年。我连声说着欢迎欢迎。一年多未见面了,金虎的头发秃了许多也白了不少。他屁股刚一坐下,就把一个黑色的塑料袋推到了我的眼前:"太忙了,没工夫给你专门做支金笔。这些项链、手镯、戒指你先拿着,送送人挺有面子的。"我打开一看,黄澄澄的一堆,足有二三十件。我惊得半天说不出话来,一个劲儿地摆手,一连说了几十个"不"字。

"没事儿,我发财了。这是点小意思,答应过的,你别见外。"金虎点了根烟,急促地吸着。

"采着金子啦?"我兴奋得半信半疑。

"采着了。"他长长地吐了口烟雾。

"产量大吗?成色如何?"

"大。成色很好,不信你用牙咬咬,绝对四个九。刚开始总也钻不到金矿层,我死的心都有了,本想扔了算了,那两千万就算打水漂玩了。后来一咬牙再坚持一下,你猜怎么着,一下子钻到了地下金库里,打出来的金是成品,包里这些项链、戒指、耳环都是一天挖出来的。哈哈哈,人要是走了运,谁也拦不住。"他笑得眼泪直淌。

金虎就是这样一个有财运的人,也是一个要强好胜信守诺言的人。

过了几天,我从晚报上看到了一条触目惊心的长篇报道,金虎所在的那个市最大的一家黄金首饰专卖店被盗,店主损失惨重,用记者的话叫"洗劫一空"。盗匪从街对道的一间废弃的拆迁房里,开凿出了一条通向金店的地道,长达200多米,钻透店铺厚厚的水泥地面,把店内和库房的所有商品全部运走。警方称,这是该市乃至全国史上最大的金店盗窃案,目前案件正在侦破中。

这件事搅得我心神不宁,每天折腾着把那包项链、戒指和手镯东藏西藏的,累得我瘦了两圈,并越来越相信那条通向金店的通道是我一镐一锹挖成的。

·处方·

如果不是有人怀疑他精神出了问题，白大夫恐怕不会提起这些事情。

喝酒的时候，他只是反复嘟囔一句话：那里不是人活的地方。

到西部山区扶贫之前，对于当地的经济和生活条件以至风土人情，他从文字材料上都有所了解，各类统计数字虽然有些抽象或者不那么准确，但还是能说明大部分真实情况的。贫穷，他也是有切身体会的。白大夫的老家在东南沿海地区的一个小镇上。小时候，他也曾去过乡下的姥姥家。缺医少药是贫困边远地区的普遍现象，农村人不像城里人那么金贵，有点头疼脑热之类的小病小灾，除了喝碗热姜汤，拔拔火罐子，再就是咬紧牙关硬扛了。早些年，有赤脚医生走村串户，医术虽不高明，但也能牲口和人一块儿治，偏方加迷信，也能解决问题，乡亲们都很认同。反正毛主席也说过，死人的事是经常发生的。即使出了医疗事故，也没人追究，倒添了些树荫底下的谈资和故事。那年头，健康这个字眼太文绉绉了，老百姓的嘴边是挂不上的。

尽管白大夫对这些事情并不陌生，但到了西部山区的村子里，他还是觉得那里的贫困景象超出了他的想象。

白大夫可不是个想象力贫乏的人。他小时候就立志成为一个想象力丰富的诗人。读医科大学，绝不是他发自内心的选择。他始终否认白求恩的事迹感染了自己，并从此树立了救死扶伤的伟大理想。如果不是高中班主任的一句玩笑，他可能一生都不会穿上白大褂。他的字迹潦草到了令人难以置信的程度，常让任课老师头晕目眩，急得团团转。于是班主任取笑挖苦他，说他天生就是个当医生的材料，写出的字像大夫开的药方，只有药房的人和鬼才能看懂。没想到，他还真的报考了医科大学，而且一直读到博士。

　　高层次的人才当然要到高层次的单位工作。他也不例外，一毕业他就留在了大学的附属医院。过了10个月，他自愿参加了青年志愿扶贫团，到西部最贫困的山区医疗扶贫去了，时间为一年。

　　回来后，医院的领导专门表扬了他，称赞他的奉献精神。白大夫不知所措地抓耳挠腮，连说没什么辛苦的，自己上大学前也是啃窝窝头过来的。

　　没过几天，医生们的一些议论传到了院长的耳朵里。同事们背后说，白博士扶贫一年竟变成了精神病。有一封患者来信，也称他精神出了毛病。

　　院领导听到此类反映着实吓了一跳，赶紧调查研究了一番。结果发现，问题出在白大夫开的处方上。他开出的药方，价格一般都在几块、十几块钱，几乎没有超出一百块钱的。同样的病，他的处方与其他大夫开的处方，在价钱上相差甚远。那位写告状信的有一定级别的患者不满意，嫌大夫没有开好药，指着白大夫的鼻子大骂，说老子看一次感冒，都开几百块钱的药，你小子凭什么十块钱就打发了？白大夫生气了，大喝一声，你是要治病还是要挥霍？

科里的主任也不理解，质问他要是这么开药方，医院的收入怎么办。白大夫半天没言语，最后有气无力地告诉主任："我在农村这一年，开过的最大处方是七十块钱，可能是习惯了，一时改不过来。"他又长叹一口气，说，"这七十块钱使那位老乡的孩子不得不辍学。"

·一块五毛钱的爱情·

大学毕业二十周年的聚会上，主持人提议每个系推举一位同学到台前，讲述一件在校期间令人难忘的小故事。我们班的全体同学起哄着把我推搡到了主持人身旁，他们的恶意我心知肚明，就是想让我当众出丑，重温我昔日的胆怯、羞涩和结巴给他们带来的快乐。

面对着黑压压的人群——一千多名返校的同届同学的陌生眼光，我不禁打了个寒战，双脚不停地抖动，脑子一片空白。

"快讲，快讲！""嗓子让骨头卡住了吧？"台下的吵闹声、催促声、哄笑声、口哨声让我想起了春运高峰的北京火车站。

"我，我，我，我最难忘的一件事发生在火车站……"

"说校园故事，我们对火车站不感兴趣！"主持人打断我，提醒着。台下的同学们跟着起哄拍巴掌。

我一跺脚，冲着话筒喊了一声：

"都住嘴！这是个爱情故事，感动了我二十年，你们他妈的都竖起耳朵好好听着！"

场子一下子就静了下来。

我的脸有明显的灼热感。我的语调和缓而流畅："读大学四年，我一直很自卑，也很孤僻。个子矮小，相貌丑陋，家境贫穷，说话结巴。如今我的身高竟然在毕业后长了十公分，妈的，世上总有成熟期滞后的人。"

人群中有了笑声。

"我说话也不再结、结、结巴啦。"

"我们听出来了！"有人尖声喊了一句，又有了一片笑声。

"关键是我的相貌与你们没什么明显的差异了。人到中年也都长变了形，谁也别装帅扮酷啦，你们看看我这副模样，基本上就是你们的模样。同龄人站在一起，对方就是你的镜子。白发、皱纹、赘肉、色斑、啤酒肚、救生圈的腰，还有那没有及时补上的掉牙……"

"快讲爱情，别瞎扯啦。"还是那个尖嗓子在喊。笑声少了，底下叽叽喳喳地乱了几秒钟。

"好吧，大伙儿静一静！我直接进入主题。在我毕业离校的那天，我独自一人挤进了火车站，心情十分沮丧、悲催，四年来的孤独与虚无一下子涌遍了全身。没有一个同学来为我送行，我知道，我是这个群体中的'无'，谁也不会在意我的存在。那一瞬间，我非常非常渴望能看见一张熟悉的面孔。我神情恍惚地随着拥挤的人群经过了检票口，麻木茫然地运动着几近失去知觉的双腿。就在这时，就在我踏上火车的那一瞬间，奇迹出现了。一个响亮的高音从嘈杂的人群中穿越而来，清晰地钻到了我的耳朵里，我寻着声音回头张望，在检票入口处，隔着铁栏杆，她在向我挥手，大声呼喊着我的名字。我叫不上她的名字，但她就是我们这届的同学，我曾经在食堂和图书馆里多次遇见过，她长得漂亮，有一股冷傲的魅力，很少有人敢主动搭讪。我想象她当年与我一样有颗孤独的心。我的自卑阻止了我对她的接近和了解,但我们的目光多次交织在一起。她竟然知道我的名字,竟然在我独自绝望地踏上西去列车的沮丧时刻为我送行。那一刻,我泪流满面,咽噎着一句话也喊不出来,只是拼命地向她挥动着手臂。二十年来,那一刻我永生难忘。我工作后,一直试图寻找她的下落,可我既不知道她的姓名,也不知道她所学的专业,几位同学提供的线索均不靠谱。他们认为凭借我对她的长相的主观描述根本就找不到这位美女,就像照着毕加索的人物肖像无法抓到嫌疑犯一样。我周围几个要好的同事,在听我无数遍地讲述这个故事后,竟然怀疑我的记忆出了重大偏差,甚至认定我的亲身经历是一种幻觉,幻觉不断重复强化便固化为一个臆造的完美故事。他们强迫我去看心理医生,而那位医生与他们的看法高度一致,坚持为我辅导治疗了四年时间。我最后不得不答应放弃这位让我铭心刻骨魂牵梦绕的女同学,因为心理医生不停地给我加大药量。

"今天我站在这里,面对同届的同学们讲述这段悲催的故事,并不想要与那位女同学怎么样。我只想求证我的脑子是不是出了什么问题,如果当年那位女同学也在现场的话……"

"你的脑子没问题,"一个女高音划破了台下的寂静,"我就是你要找的那位女同学。"

全场立刻爆发出一片欢呼声和鼓掌声。"请这位美女同学到台上来!"主持人的声音颤抖着,兴奋得手舞足蹈。

十几位同学把女士推到了台上。

礼堂沸腾了,轰……

"不是她,不是她,绝对不是她!"我一手指着满脸笑容圆粗矮胖的老女人，一手拿过主持人的话筒，气急败坏地争辩着。

"就是我！我就是你梦里寻她千百度，蓦然回首那人却在灯火阑珊处的那位资深美女！吓坏了吧？别用那么恼怒的眼神看着我！太伤自尊啦！"

人群中的笑声掌声和说话声喊声乱乱哄哄。

"不、不、不，绝对不是你，你在开国际玩笑！"我几乎要吐了。

"你太过分了，"她叫了一声我的名字，"我实话实说吧，我确实在火车站向你招过手，但绝不是你理解的那种意思，我也不想当着这么多同学的面颠覆你那美好的记忆和动人的故事。虽然我年轻时并没有你记忆中那么美丽，但比现在肯定要苗条许多。谢谢你把大学时代的我幻想得那么有魅力。不过，我去车站是想讨回你曾经借我的一块五毛钱，你不该忘记有一次在食堂排队买饭时，你没带饭票，是我主动替你交了一块五毛钱，你说了句谢谢，并表示第二天吃饭时一定还给我，但一年过去了，你遇到我多次，也没记得把钱还我。正如你刚才所说，我俩的目光确实交织过，我的神情比较冷漠，这都是因为你借钱不还的缘故。毕业时我打听到你的宿舍住址，就想讨回那一块五毛钱，你的同学告诉我你刚刚离开，要坐上开往兰州的火车。于是我一怒之下，固执地赶往火车站要向你讨个说法。你刚才讲的那个场景我至今记忆犹新。情节是正确的，但结论是错误的。我们班很多同学都听说过这个故事，他们笑话我花两块钱车费去讨要一块五毛钱欠款是多么愚蠢，我却认为欠钱要还这是天经地义的公理，尽管只有区区的一块五毛钱……"

我站在台上，在上千双眼睛的注视下变成一具僵尸……

聚会结束后，我仍忘了还她那一块五毛钱。我病了两个多月，身体消瘦了十来斤。她哪儿知道，她隔着栏杆为了一块五毛钱而挥动的双手，让我至今仍独身一人。

冷

冬季的哈尔滨冷得干净利索，冰天雪地亮亮堂堂。寒冷使人谦卑。街上的行人个个缩着脖，耸着肩，弓着背，弯着腰，迈着碎步，嗞嗞啦啦地哈着气，失去了东北人往日的张狂。

全球气候变暖已经成了不争的事实，各种肤色的科学家们忧心忡忡地预言了这一异常现象将导致的最后悲剧，人类若不克制自己的放纵与私欲——尽量减少碳排放，地球将以不可想象的惊人速度走向毁灭。就连一年四季麻木不仁的政治家们也被科学家的预言和民众的叫喊闹得心神不宁，各国首脑政要纷纷奔走呼号，振臂咆哮——让地球变冷，我们能行！

电视上美国总统的话音未落，叶银虎一进门就接了下茬。"这小子说话真不靠谱。这天冷得，除了裤裆里的老二，啥都硬邦邦的。大哥，全球变暖，咋不从咱哈尔滨开始呢！你托人跟联合国说说，拿咱哈尔滨做个试点，气候变暖就从这儿开始呗！"叶银虎故意向双手哈着气，又搓了几下。

"这屋里热得我直冒汗，你还喊冷。发烧了吧？"老丁起身找杯子给叶银虎倒杯热水。

"我不刚从外面进来嘛！外面可冷啦，大风呼呼地，跟泼妇一样，直挠脸。大哥，别倒水了，不渴。你坐着，啥时到的，咋不事先说一声，我好去找您，开啥会呀，这回？"

"扯淡的研讨会。没啥大事，在家里闷得慌，找个借口出来转转。前天到的，有人接。没想麻烦你。"

"麻烦啥呀，瞧你说的，你把我当外人呢，省、市的领导知道你来了不？这宾馆的条件有点不上档次了，大哥您也太低调不讲究了。"

"喊！挖苦我？早就与官场无缘了。你以为我还当司长呢？人得知趣，我心里有数儿，别整那些虚头巴脑不招人待见的事儿。住在这不挺好吗？标准间，洗漱设施一应俱全。会议统一安排的，挺舒适的，何必摆那种谱呢？人呢，走到哪步说哪步，衣食住行言谈举止都得跟身份相符，你说对不对？"

"对，对，对，大哥，您啥时说过不对的话，这些年跟您学到的东西老多了，比大学里学的还多。不过，您虽然不当领导了，可身份地位照样够用。再说，您也太敏感了，你当官的那些年帮助的人老鼻子了，你好不容易出来一趟，地方领导知道了能乐得四脚朝天满地打滚，他们巴不得围着你转呢！你就是太低调了，不给他们机会。"

"哈哈，银虎，还是叫叶总吧。你就别忽悠我了。全球天气变暖，可人心正相反，越变越凉！我把司长辞了，心甘情愿地当一名教书匠，哪能不懂这些人情冷暖，世态炎凉？在哈尔滨我的熟人确实不少，打个电话他们都会过来，这没问题。一起吃吃饭、喝喝酒、说说黄段子，我相信面子上的事儿他们都会做得热热闹闹。可这有劲吗？人家会说：这个老丁，指定是犯了错误，不是经济问题，就是作风问题，或者是经济加作风都他妈的出了问题。要不就是脑袋出了问题——不是进水了，就是让门挤了,好好的官不当,非要去学校里教书,谁信呢?"

"那倒也是。我信,大哥,我知道你最烦应酬了,这回好了,做个大学教授,落个清净。你多住几天,反正也出来了。你要瞧得起我这个摆不上台面儿的小老弟,我来安排。先把房间退了,咱换个地方住,这破酒店跟招待所一个档次,咱去好点的地方。走,这房间还真热,就这一会儿,我的脑门也淌汗了,走,咱这就走。"

"往哪走?别急。你先把外套脱了,再坐会儿。"

"坐啥呀,我一热就烦躁,坐不住。咱先去洗浴中心蒸一蒸,按按脚。"

"叶总,你听我说。"老丁摆摆手。

"啥就叶总了,大哥,你这是骂我呀!叫银虎多顺嘴,大哥您怎么见外了呢?非得让我尊称您领导,是吧?"叶银虎边说边拉老丁。

"好,好,好,银虎,就叫银虎,你别拽了。我总得把行李收拾收拾吧!"

"行,那简单。不就一个手提包吗,来,我来拎着。"

"笔记本电脑还没装进去呢。"老丁从银虎手里抱过黑皮包,把桌子上的电脑塞到了包里。

"咱不去洗澡行不行,忽冷忽热的,不舒服。"老丁又改主意了。

"大哥,还是按一下吧。有家洗浴会馆新进了几位美女,挺养眼的,有一套功夫,你体会体会,给提点意见。"银虎笑了笑。

"不去，不去，我实在没兴趣。老了，不中用了，着急上火，没力气了。"

"怕嫂子了吧，这里绝对安全。"银虎开门往外走。

"银虎，你别难为我了，我真的不想按摩。"老丁皱着眉头摆着手，从说话声音到面部表情均表示出了不耐烦。

"那我们去哪儿？听你的，大哥。下午三点还不到呢，咱不能就在酒店房间里耗着，总得干点啥吧！喝茶？打牌？还是去看冰灯？"

"让我想想。嗯，还是喝茶吧！"

"就咱俩，要不要再喊上几位，一起打打牌？"

"那也行。再喊两位，叫上谁呢？嗯，刘厅长刘大头怎么样？还有杨主任杨小眼儿，前几年总找我，关系不错，你也熟悉，我帮了他俩不少忙。"老丁兴奋地搓着手。

"太好啦，我昨晚还跟他俩喝酒了呢！他们要是知道您过来，非乐疯了不可，肯定让您把机票退了，陪您玩上几天。这俩哥们整天闲着没事，除了打麻将还是打麻将，我这就给他们打电话。"银虎又把包放回房间，走到洗手间里去了。

洗手间的门虚掩着，尽管银虎尽量压低嗓音对着手机讲话，老丁仍能依稀听到他那因挤压而变形的急促声音。过了好一阵子，银虎脸色涨红地走了出来，尴尬地笑着说："他妈的，这两个王八蛋都出差去了，今天一早走的，昨晚喝酒时也没跟我说，跟我玩上了行踪诡秘，就咱俩去喝茶吧，不再喊别的啦，嘿嘿，不跟那些官场上的小人混了，落得个清净比啥都好！您说呢，大哥？"

老丁勉强地笑了笑，拍拍银虎的肩膀说："还是银虎老弟说得有理。你要是有事就别陪我啦，我躺在房间里看看闲书比干啥都舒服！都说北方的冬天冷，没想到冷成这样。"

银虎说："我没事，没啥可忙的，陪您聊聊天，必须的。咱这就去找个茶馆，哦，您等等，电话响了。我先接个电话。"银虎又钻进了洗手间。

"是不是有急事啊？"等银虎出来时老丁关心地问。

"真不好意思，老婆开车出了点车祸，我得马上去现场看一下。大哥，您等着，我一会就回来。"银虎边说边穿外套。

"要不要我陪你去？"老丁很着急的样子。

"不用，不用，您先歇着。我处理一下再给您电话。"

"那好吧，别急，路上开车小心点。"老丁叮嘱着，银虎回头摆摆手上了电梯。

老丁立即拎起行李退了房卡，直奔火车站，他想，哪怕就只能买张站票也要连夜赶回家里。

·四十斤小米·

一位头发花白、身体瘦小的老太太堵在了我的办公室门口。从穿着和神态上看,她不像是一位大学教授。

"我要上访,我要告状。"她一见到我就反复说了几遍。

"您是?"我低下头问,老太太的个子很矮。

"我要上访,我要告状!"她又气哼哼地重复同样的一句话。

"上访?告状?"我微笑着再次向她确认。因为大学里上访的人很少见,不像市、县政府大楼的周边总是围着一堆愤怒的人。偶尔来找校领导反映问题的教师,也多集中在职称评定等事情上,并不涉及强占耕地或强拆房屋之类的尖锐矛盾。

老太太很肯定点点头:"我要上访,我要告状!"

"那好吧,咱进屋说。"就在我准备掏钥匙开门的时候,一个身材高大的小伙子跑过来拦住了老人,连拖带抱地往外拽她,她很气愤地试图挣脱小伙子的拉扯,却力不从心,只能奋力把脑袋从年轻人的腋下扭过来,冲着我高喊:"不讲理,我要上访,我要告状!"没等我缓过神来,那位小伙子已将她半扛在肩上,边跑边说:"有事跟我说,别给领导添麻烦!"我知道那位身材魁梧的年轻人是学校机关的工作人员。他事后告诉我,那个老太太是个精神病,几乎天天都上访,不是找学校领导,就是找上级主管部门,已经闹了很多年了。我问他,老人因为什么事情要告状。他挠了挠头,说:"我也搞不清为什么,反正人人都说她是精神病。好像是说当年是八路军还是哪路军借了她家四十斤小米,一直没还。这都多少年了,差不多成了远古史了,又没有凭证,谁能理得清呢?反正她精神有问题,您别理她就行了!"他还嘿嘿地笑了两声。

过了两天,这位上访告状的瘦小老太太又一次站在了我办公室的门口。我犹豫了一下,把她请进了屋里。我让她坐在沙发上,并为她倒了杯开水。她说:"我不喝水,给我根烟抽。"我把烟递给她,想给她点上。她摆了摆手,自己从上衣兜里掏出了火柴,哆嗦着划出了火苗。门敞着,一位路过门口的中年女子走了进来,不由分说地轰她出去:"你怎么又来捣乱了,快走快走,领导忙着呢,哪有闲工夫管你那些不着调的破事儿?走,走,走,再不走我喊保安啦!"这位女子是一位机关干部,她边说边上前去拽老太太。

"让她坐一会儿吧?不要轰她走。"我劝说她。

"您这就要开会了,哪有时间听她啰唆?"女干部善意地冲我眨眨眼,我明白她的用意。

"我今天没安排会议。"我笑着婉谢着她的解围。

"您一会儿不是要听处长的汇报吗?"她仍冲我不停地连眨了几次眼睛。

"改期了。"我说。

"那老太太,最多只给你十分钟,就一根烟的工夫,你不能耽误领导的工作,你听见了吗?抽完这根烟就赶紧走,我去叫保安了,你听见没有?"女干部连哄带吓唬地警告她。

"不用了,我整个上午都没事儿,就想听老人家说说话。你忙去吧,不用管了。"我跟她挥了挥手。

女干部很不放心地走了,我让她把门顺便带上。

老太太坐在沙发上,我顺手搬了把椅子坐在她的对面。

"老人家,您今年高寿了?"我又给她递了支烟。她接上了火,眼睛看着我,没作声。

"我问您今年多大岁数了?"

"七十五啦,1935年生人。"她答。

"您原先在哪儿工作呀?"

"就在学校后勤干活,是清洁队的,掏下水道、扫马路、刷厕所、清运垃圾,啥活都干。退休二十多年了,老了。"她抽一口烟,冒一句话。

我问她找我要告什么状,有什么事情要解决,她变得有些激动,语无伦次地说了些我摸不清头绪的话。我鼓励她:"您慢慢说,不着急,我有的是时间,把您想说的话都说出来,不要堵在心里,憋坏了身子。"她怔了怔,突然放声大哭。我赶紧递过纸巾盒,又轻轻拍拍她的后背。老太太的情绪渐渐稳定了下来,接着一口气跟我讲了四个多钟头,她的脑子确实有点乱,东一句西一句,南朝又北国,车轱辘话一圈接着一圈,但我一直耐心地听着,还时不时地提一些话茬儿让她尽量充分地把事情讲干净了。她终于说累了,把一大瓷杯白开水一口气喝了下去。

我问她,还有没有哪些事儿忘了说了。她说,没有了,真的没有了,把一辈子的话都说光了。

她讲的故事很长,很乱,但梳理一下并不复杂:

1944年,八路军某部向她的父亲借了四十斤小米,她当时九岁,清楚地记得一位英俊的扎带绑腿的八路军排长从她家背走大半袋子小米的情景。那位姓白的年轻排长浓眉大眼,北方口音。他还给她父亲写了张欠条,不是写在纸上,而是写在一块小布条上,那小布条只有一寸长短,是从她死去的奶奶的裹脚布上撕下来的。后来布条丢了,但她的记忆是清晰的。四十斤小米在战乱年代是不小的一笔粮食,她家里并不富裕。她说,她自己的儿子就是被活活饿死的,那是十六年后的自然灾害了。这与那四十斤小米没有关系。这大半袋子小米一直没还。

后来,她之所以想讨还这袋小米,内心里真正想得到的可能是组织和他人对她的父亲及全家为抗战胜利所做贡献的一种认可。

这段往事她和父亲都曾向别人讲述过,得到的反应却并不如意。她的少年伙伴们多次误解了她,骂她是个撒谎精,小气鬼,他们绝不相信"借粮不还"会发生在八路军和新四军这两支革命的队伍中。她的父亲因讲了这个故事一度受到了当地群众的严厉批斗,抱恨而死。临终前父亲曾向女儿交代:天地良心,那四十斤小米是当时一家人唯一的活路,全都借给了那位排长。虽然那一寸大小的借据丢了,但拍拍胸脯,心里依然踏实。难道我这颗跳动的心抵不上那片破布条吗?女儿抹着眼泪向父亲发誓,一定要讨回那袋小米。她不只是相信爸爸说的话，她更相信自己的眼睛。那位英俊的排长把米袋背到肩上时，她的心里并不好受，唯一让她宽慰的是那位排长走出院门时还乐呵呵地用手摸了摸她的脑袋。

情况就是这样。眼前的这位老太太为了要回这四十斤小米，前后上访了二十多年，到各类单位和各级政府数百次，也许超过一千次。

借条呢？证据呢？没有。那我们凭什么相信你？！

那位排长姓甚名谁，部队番号呢？不知道。我们哪儿找去？！

八路军早就不存在了，开什么玩笑？这叫无理取闹，你懂不懂法？！

我们单位又不是八路军，你找我们没用，你该找谁找谁去，最好去找朱德，他是八路军总司令。

都跟你说过一千遍一万遍了，领导很忙，谁有工夫听你胡说八道，走走走……

你有精神病吧，滚！

把她弄走，精神病一个！你们把好门行不行，再把疯婆子放进来，我饶不了你们……

"老大娘，我听明白了，您看这样行不行？"等老太太喝足了水，我探探身子跟她商量道。

老太太抹了抹嘴角，有气无力地说："行，您咋说都行，我听领导的。"

"大娘，这四十斤小米借了你大半个世纪了，我们认账。您要是相信我，相信我能代表八路军，我就马上替他们还给您,明后天我就派人给您送过去。"

"这……"

"我明白您的意思,还钱也得有个利息是不是?您看当年借了四十斤,现在是不是该还八十斤、一百斤或者二百斤?这我也说不好,您自己说个数吧!"

"我可吃不了那么多小米。"

"折合成现金也行,更省事儿!现在市场上的小米大概是一块钱一斤,您看我给您多少钱合适。四十块、八十块,还是一百块、二百块?"

老太太又哭了,我把纸巾盒推了推,劝慰了几句。

老太太擦着眼泪说:"我啥也不要,小米和钱都不要。我想跟领导说说这件事儿。这么多年,没有一个干部听我把话讲完,我刚刚开口就给赶走了。我就想痛痛快快地说出这件事儿,可没有人愿意听,都说忙,都说我耽误时间,骂我是精神病。您花了大半天工夫,听我一个老太太唠叨,我知足了,我什么都不要,我说完了就算完了,再也不上访告状了……"

十年过去了,老太太再也没来找过我,我也没听说过她越级上访的事情。她姓什么,叫什么名字,住在哪儿,我也不知道。

捡垃圾

毫不夸张地说，我的命运因他而改变。

其实，他与我无关，一不沾亲，二不带故，也谈不上很深的交往，仅仅是曾经认识而已。但他却彻底地改变了我的生活。

年轻时的那几年，我被周围的人包括父母和兄弟姐妹看成是"人渣"，又叫"垃圾"。除了为他人制造麻烦、给亲人增添苦恼和恐惧之外，别无他用。我名义上是一家国有企业的社会主义建设者，但我所能做的只有捣乱和破坏。我由于当着厂领导的面用刀子剁下自己的小手指头的壮举，而成为众人不愿触摸碰撞的"易燃易爆"物品。我虚张声势蛮横无理地充当着小丑式的英雄，以掩饰自己内心的自卑和脆弱。我清楚地知道自己是个废物，是别人既蔑视又惧怕的瘟神。

他来了。一个戴着近视眼镜文质彬彬随和风趣的大学毕业生。他先当技术员，后来又成了我所在车间的主任。他不躲着我，也不像有些人那样心虚地套近乎。但他的眼神总让我产生一种异样的感觉。我不清楚那种目光的意味，却能从中读懂他的真诚、关爱和激励。此前，我听得最多的是父母的指责、老师的说教和同事、领导虚伪与善意的规劝，但从未有他不经意间一扫而过的目光中所蕴涵的那么深刻。他爱说笑话，喜欢逗乐子，没有把我和他人做区别。我觉得在他眼里所有人都是好人，他那高度近视的眼睛只能看到别人的长处。他没有刻意地夸过我，可我觉得他瞧得起我，这种感觉很真实也很强烈。我开始试图朝着他希望的方向去做（他的希望是我揣摩出来的），并且越做越好，越有劲头。

没两年，他就调离了厂子，记得在他调走的前几天，他与我们车间的几个刚下夜班的工友一起聊天。他说他小时候最喜欢做的事情就是捡破烂、拾垃圾。从读小学以前，一直到初中，他几乎每天都风雨无阻地到镇子上驻军的生活区、医院和畜牧站附近的垃圾里捡拾煤渣、木屑、破铜烂铁、碎玻璃、废纸、布头儿、牙膏皮等。当时他家境窘困，衣食无着，捡回的萝卜根、烂菜叶、土豆皮可以充饥，煤渣、木屑可以烧火取暖，而破铜烂铁、碎玻璃则可从废品收购站换点零钱，用于交纳学杂费和书本费。对于绝大多数人来说，这是一件不足以为外人道的痛苦经历。而他在讲述时，语气中充满了快乐和兴奋。他从垃圾堆里发现了许多乐趣，那五颜六色的糖纸、烟盒、花瓶，成了他童年最珍贵的收藏。他说，等将来退了休，他还要重操旧业。

若干年过去了，他从厂里到县里、市里，又到了省城。他做了很大的官儿，口碑很好。由于逐渐拉开的距离，我们一直没有联系过。有一年，我在一本杂志上看到了他的一幅照片，身后就是一堆垃圾山。我不由得想起了他当年讲述自己经历所说的一句歇后语：垃圾堆前面照相——背景不行。

不久前，我到外地的一个县城出差，在火车站附近，我远远地看到了一位老头正在路边捡拾废纸和矿泉水瓶子之类的东西。我的脑海里不由得浮现出了他的形象,我盯着那认真、娴熟的动作,似乎又看见了他。我对自己的视错现象笑了好一阵子,但那个老头确实很像他。我没有上前打扰他,一怕认错了人,二怕真的是他。

回到家里之后,我特意打听了他的情况。据知情人说,他退休后的确执意搬到了我出差去过的那个县。

现在,我心里宁愿确信那个老头就是他。一个从小就善于从垃圾堆里寻找可用之物、认为一切都有价值的人。不管是在小车间,还是在大机关,他都发现和培养了许多人才,这其中也包括像我这种当年被人视为"社会垃圾"的"人渣"。

渴

建在都市风景区的大型水上乐园吸引了众多游客。

坐在紧挨着人工瀑布旁边遮阳伞下的甘老板一副踌躇满志的样子。

每一位成功者的背后都有某种神奇的力量在起作用,天助我也!甘老板此刻的心里正默默地感谢上苍的厚爱。又是一个百年不遇的大旱之年,空气像在燃烧,太阳火辣辣地烤着,蒸发了残存在土地和人身上的最后一点水分,同时烤热了甘老板创办的水上生意。

他雄心勃勃地欣赏着人声鼎沸的水面,四季紧绷着的庄严的脸上竭力隐藏着那不易被人察觉的笑意。他盘算着扩建游乐场的计划,全球变暖、持续干旱的科学预测成了他制订投资计划的最可靠的商业信息。

他喝了一口冰镇矿泉水,顺手接过服务小姐递来的浴巾,擦去瀑布溅在脸上的水珠,表情又恢复到他的下属常见的那种若有所思的神情。

他似乎想起了什么,嘴角微微抽动了一下。对于他的身世之谜,周围的人和媒体一直试图解开。人们只知道他是西北人,这从口音里就能辨识,只知道他大学毕业后没有服从分配便自己闯天下。他不苟言笑,没有人从他嘴里听到过关于他的家乡、家人的叙述。有媒体传说，他的父亲是位高级官员。也有人说，他是牧羊娃出身，小时候还讨过饭。甘老板有一次酒喝高了，曾冒过一句：我是喝着限量的黄泥汤上的大学。如果不是调侃，这无疑印证了他的牧羊娃出身。

　　从上大学那时起，他从未回过老家。发迹后，甘老板也从未有过衣锦还乡的冲动。一度，他想把父母接到城里来，给家里写过信，但父母痛骂了他，骂他忘恩负义六亲不认丢了祖宗的脸。他不再提这件事了，也没有回家探望的打算。他在内心里自我辩护，这就是命运，谁也改变不了。

　　甘老板的思绪收了回来，他的嘴角又微微地抽动了一下。他站了起来，跳进游泳池中游了一会儿。上岸后，又坐到凉伞下。小姐递过了凉茶，又顺手把今天的报纸递给老板。报纸里夹着刚刚收到的一封信，信封皱皱巴巴的，好像几经辗转。他的嘴角抽动了一下，拆开信封。信是他的家乡——一个村子的村委会寄来的，信里告诉他，家乡连年大旱，他父亲半年前为了抢一桶水，同外村人动了手，结果被对方用锄头砸烂了脑袋。他母亲年老体弱，无法翻山越岭到四十里外去排队挑水，在他父亲死后不久也活活地渴死了。

　　信从甘老板手中掉了下来。他依然保持着若有所思的神情，只是嘴角在不停地抽动。

·香水·

赵二这个家伙真不简单，一口气从小学一直读到博士，而且拿的是美国的博士学位。

别看赵二是个结巴，中国话说得不利索，却能讲一口流利的英语，像淌水一样哗哗的。

赵二生在乡下，那是一个连兔子都不拉屎的偏僻的穷山沟。这孩子小时候体质不好，营养不良、病病歪歪，头大身子小，出门就磕倒，被猫抓狗咬鸡叨那是常有的事儿。乡亲们笑话他那副怪模样，家里人也一致认为他是个包袱。除此之外，这孩子还有一样让父母愁得整夜睡不踏实的毛病——爱读书。上学后有 100 分，就绝不肯考 99 分，100 分也顶不了一个工分，他爹老是骂他没出息。赵二念完了小学又考上了中学，死缠着爹妈要到城里读书，哭了三天三夜，换了父母的二十多个耳光和五块钱终于进了城。高中毕业时，又瞒着家里报考了大学，还考了个全县第一，全省第三。他爹妈好像遭了雷劈一样，发誓要联合起来打断儿子的腿，绝不能让这个怪物把家里仅有的财产给折腾光了。赵二精得很，那年夏天他干脆躲了起来没回家，东借西讨，连偷带摸地凑够了去京城的路费，一个人进了京。

儿子大了不由父母。爹妈没办法，看来指望不上儿子为家里挣工分了。赵二念书得花钱,学校给那点助学金不够,只好向家里求助。他爹妈又一同朝着北京的方向骂了三天三夜之后,开始想法子给这个"孽障"凑钱,先卖鸡、鸭、鹅、狗,又卖猪、羊、牛、驴,最后把四间瓦房卖掉了,搬进了村边一间看瓜田用的废弃的破窝棚里。赵二上了大学又读研究生,他爹妈就开始隔三差五地去跑县医院,把身上仅有的红色液体不断地抽出换钱。儿子后来又出了国,说是要攻读博士。他父母彻底绝望了,准备再卖一次血换点耗子药吃下去算了。好在有明白人说,美国人有钱,你儿子在那儿念书是外国人管吃管用。老两口这才半信半疑地松了口气,没有把耗子药拌进饭里。

这些年赵二确实没跟家里再要过钱,他爹妈卸下了山一样重的包袱。要说这人间的事儿有时候真让人琢磨不透,这老两口卖血那阵子,吃不好穿不暖,十天半月地跑来跑去,精神头足着呢。等着负担没了,人也没劲头了。不到五年光景,爹病了,妈死了。现在只剩下赵老头一年到头地歪在炕上。

今年过年时,儿子从美国回来了。老头突然又精神了,年前就跟乡亲们说,我那个催命的儿子又回来要钱了,我得想想法子去。

赵二大年三十到了家,老爹挺高兴。儿子说没带什么年货,老爹说,家里什么都有,还花什么冤枉钱。老头怕儿子不信,把备齐了的年货一一指给儿子看:这是三根萝卜,那是两棵白菜;这是村里救济的50斤白面,那是乡政府送的10斤豆油,我知道你要来家过年,还腌了一坛子咸豆腐。儿子从皮箱子里拿出两瓶极好看的小瓶子,告诉爹,这叫法国香水,原打算送给妈妈,现在她不在了,你留着用吧。

老爹一边埋怨儿子乱花钱,一边兴奋地问儿子,这玩意儿拌咸萝卜吃是不是很香。儿子说,不行。老爹顿时显得很失望,嘴里咕哝着,说,这要是香油就好了。

赵二只在家里住了一夜就走了。临走时又从那小皮箱子里掏出一摞绿色的纸片,说给你留点钱用吧。

赵老头等儿子走后把那两瓶香水送到了老伴的坟上。他怕乡亲们笑话儿子连香水和香油都分不清。他又把儿子留下的那一摞子钱,拿出来一张一张地糊在墙上,他还是怕乡亲们笑话——他心里知道,这哪里是什么钱,他头一天已经到村里的小店里试过了,他想买一瓶烧酒解解馋,这些年他一滴酒都没敢喝过。店里的老娘儿们笑得眼泪流了一脸,说,你儿子傻,我们小时候就知道,你怎么也傻了呢?你卖了半辈子的血,你收过这样的钱吗?

孝顺

钱多了没用,钱越多越花不出去。

你别瞪我,这可不是我说的,这是我大爷斩钉截铁地告诉我的。我大爷傻?我傻?狗屁,你才傻呢!我老家屯子里的人都这么说。去年过年时我回老家,村委会院墙上用白石灰写着两条触目惊心的大标语:一条是"一人结扎,全家光荣";另一条是"钱多了没用,钱越多越花不出去"。

不是,不是,绝对不是"疯子村",也不是"痴呆村",也不是"富裕村"、"小康村",我那个村子没一家万元户,不骗你。这么说吧,百元大票还是我过年时用手擎着,挨门挨户展示给乡亲们看的,这是他们头一次见到大额钞票,有一多半人不相信是真的。

我本想给我大爷留下一张,他老人家说没用,花不出去。没人能破得开这么大的票子,懂吗?就是没法子找零头。乡亲们见到我,都说一句:钱多了没用,钱越多越花不出去。听了像是口令、暗号似的。他们怕我无法理解这句乡村格言,便用铁的事实给我阐释。

事实是这样的。

我们村有个老宋头,老婆死得早,就靠他一个人又当爹又当妈地拉扯大了两个儿子。大儿子生性愚钝,又得过脑炎,说白了就是个傻子。小儿子机灵，老头把所有的希望都寄托在小儿子身上。这小子也的确争气，成了全村有史以来的第一个大学生。从上学到工作，一直在大城市里，很少回家。据说，这小儿子后来成了大富翁，满面春风，有的是钱，银行行长手头紧都找他借。家里除了金的就是银的，没有别的，连马桶都是镀金的。

　　宋老头在乡下跟大傻儿子一块过，那日子就甭提多苦多难了。爷儿俩不能同时出门，就一条裤子。

　　小儿子挺孝顺，有一年回去了。高级小轿车开了一排，停到了村口，村里的路不行，进不去。几个人把车座卸下来，把他儿子抬进了家。随从一大帮，光保镖就有四五个，全戴着墨镜，满手都是亮晃晃的金戒指。还有些人抬了几箱子东西，是冰箱、洗衣机之类的电器。宋老头后来就往冰箱里放煤块，在洗衣机里腌咸菜，因为村子里没通电。

　　那一回，他小儿子只在家坐了有半个钟头，没有工夫，太忙了，还要到省城赶飞机出国。

　　宋老头指望小儿子把他那个傻哥哥带到城里，没提自己。小儿子没答应，说一辈子在农村生活惯了，到城里会长病的。

　　大款儿子问老爸缺点什么，老头告诉他，什么都不缺，就是吃不饱饭。儿子连个窝头都没带回来，这使老人家有些失望。

　　富翁临走时留下了一张卡，四四方方，薄薄的，挺好看。他告诉老爹，这里面存着好多好多钱，把全村子都买下来还能剩下一大笔。老头半信半疑，端量了那张小卡片好一阵子，又伸手摸摸儿子的额头，没发烧，看来不是说胡话。儿子叮嘱老爸，用的时候一刷就行了。

小儿子走了。老头想到村上的小杂货铺里买瓶煤油点灯用，可怎么也刷不出钱来。用刷子刷没钱，往炕沿上刷，也没钱。锅台、门框还有小杂货铺的货架都试过了，就是刷不出钱来。

老头一病不起。刷卡这件事在村子里引起了轩然大波，绝大多数村民认为他儿子是大骗子或精神病，也有一些人说这玩意儿在咱乡下不能用，得到大城市才能使。宋老头年轻时都没进过城，现在连上茅房都得让傻儿子搀着，哪能为了买点粮食去大城市呢。邻居们又说，当初他小儿子要是能留下个三五十块钱就好了，也不至于把老头急病了。

村子里还不好救济他，因为他儿子有钱是出了名的。一些好心的乡亲偶尔去送点豆腐、馒头、稀饭什么的，老头勉勉强强又熬过了半年。

宋老头死了。他那个小儿子不知是从哪儿得到的消息，反正他回来了。入土那天，场面可大了，真让村子里的人开了眼。大鱼大肉名烟名酒等供品摆了足有一大马车，光鞭炮就放了整整一天，用纸糊的房子、车、马……那叫好看呢。

临了，小儿子当着乡亲的面写了一张十万元的支票，然后用打火机点着，在父亲的坟前烧了。据说是让老爹带着到阴间去花。

抓阄儿

牛大夫从院里领了紧急任务，便回到科里召集大伙开会布置。

"五官科"医务人员共有九名，全都按时到了主任办公室。牛大夫是代理科主任，下半年该办理退休手续了。他的这个代理主任职务其实也含有照顾的成分，因为他在科里的年龄最大。以前大伙儿都管他叫牛老头儿，等他当了代理主任后，同事们简称为"头儿"，既尊重又轻视。

医生们知道"头儿"召集开会是为了什么，要派人去"防非"第一线救治病人的说法早就在院里传开了，而且别的医院已经成批成批地奔赴前线了。

大夫们一个个满脸严肃地坐在了一起，只有牛老头儿嘻嘻哈哈故作镇静地说着俏皮话。

大伙儿没心思欣赏"头儿"此时此刻不怀好意的黄色幽默，都板着脸、皱着眉、低着头。

"说正经事儿吧。"牛主任故意清了清嗓子，以引起大家的注意。

"院里的任务下来了，决定从我们科选派一名医生去新建的传染病院救治非典型性肺炎的患者。这个任务很光荣啊！"他提高了嗓门。

"干吗让我们去,我们又不是搞传染病的?"有人明知故问。

"人手不够啊,感染的人太多了。"牛老头儿解释道,"派谁去呢,我心里还真没数儿。"他叹了口气。

大伙儿呆坐在那里,没人吭声。

"唉,"牛老头儿又叹了口气,"我们科一共有九个人,有男的有女的,有党员有干部,有年轻的也有岁数大一点的。这个活呢,既光荣又危险,让谁去不让谁去都不好,还怕大家你争我抢的,伤了和气。我想了个法子,各位看怎么样,如果没有更好的主意,就按我说的办。"

医生们都抬起了头,眼睛盯向了牛主任。

"我用纸叠了九个阄儿,八个是空白的,一个里面写了个'上'字,谁抓了这个'上'的阄儿,就上一线去。谁也别争抢别推让,行吗?"牛老头儿笑眯眯地扫视了一圈儿。

"这也太不严肃了,"有人反对,"我看还是让党员带个头儿吧!"

"凭什么让党员去,再说这也是个荣誉,我们党员不能跟群众抢荣誉。"不同的声音出现了。

"牛主任快退休了,他也不是党员,不去能理解。不是还有四位副主任吗?我觉得当头的应该冲在前面。"有人提出了新建议。

"当干部的就该去送死啊?这叫什么话?再说我们算个什么芝麻官儿,平时苦活累活抢着干,到了这时候还让我们上,哪有这个道理,我坚决反对!"有一位副主任反驳道。

"年轻人没什么牵挂,我认为应派一个年轻人去。"一位年岁大的大夫提议。

"算了吧,我连恋爱还没谈过呢,就这么走了,亏不亏啊!"一位年轻人立刻站了起来。

大伙儿开始激动了,牛老头儿一拍桌子,"吵啥吵,争啥争!都是些没用的话,就照我的主意办,咱们抓阄儿决胜负。"全场的人一下子静了下来,没有人再表示异议。

"这个阄儿是我做的,为了公平起见,我最后一个抓。盒子里剩下的那张就是我的。来吧,现在开始,速战速决,干净利索!谁先来?"老关把盒子摇了摇,放到了桌子中间。

屋子里的空气瞬间变得紧张了。过了好一阵子,那位最年轻的实习医生把微微颤抖的手伸向了纸盒子,从中抓出了一个红纸团,他战战兢兢地打开了红纸,"哇噻,没我的事儿了!"他跳了起来。

接下来,一个个开始动手了。有的脸色惨白,有的满头大汗,有的呼吸急促,有的哆哆嗦嗦,有的双目紧闭,有的念念有词……一个个阄儿被恐怖地抓起,又随着一声声尖叫化险为夷。第八个红纸团被展开后,大家一起拍着手,相互祝贺,欢呼雀跃,关系一下子融洽了。

"只有我去了。"牛主任笑着抓起了最后一个阄儿。医生们突然静了下来,他们尴尬地看着"头儿",有几位的脸色变得通红通红的。

"大伙儿放心吧,用不着惦记我。我会注意自我防护的,'非典'其实没那么可怕。"牛主任随手把阄儿丢进了他办公桌边的废纸篓里，轻轻地向同事们道别。

一个月后，牛老头儿虽然也感染上了病毒，但经过治疗还是脱离了危险。

那些奋战在"抗非典"第一线的医务人员最终都受到了隆重的表彰，只有牛主任除外，因为有人举报他不是主动请战的，而是采取了"抓阄"认命的消极做法。

五官科的医生们为牛主任愤愤不平，因为他们从他的废纸篓找出了那个被丢掉的红纸团，展开后发现那张纸也是空白的，并没有"上"字。

·急救·

儿子读初三了,个子长得比我还高。孩子从小娇生惯养,缺乏锻炼,生活自理能力很差,对他人更缺少关心。当然,这不光是我儿子一个人独有的缺点,据很多家长反映,这是他们这一代人的通病。

上个月儿子放寒假,我抽个双休日陪他一块儿去游乐园玩玩。

说起玩来,儿子很内行,也很投入,一上午下来玩遍了游乐园里他感兴趣的各类项目。

中午我想请他吃涮羊肉,他不肯,我只好依着他吃了顿麦当劳。

从餐厅出来没走多远,我手捂胸口蹲在了路边。

儿子愣愣地站在一边,催我快走。我说:"儿子,爸爸感觉不舒服,你快去附近的药店,给我买点速效救心丸。"

儿子一脸的不乐意,说:"你烦不烦,坚持一下就到家啦!"

"不行,儿子。你快去!速效救心丸!"我催促着。

"这儿哪有药店啊!我找不着!咱还是打个出租车回家让我妈去买药吧!"儿子站在那儿一动不动。

"儿子,听爸爸的话,爸爸坚持不住了。过了马路往右拐,不到五十米就有一家药店。"我大口地喘着气。

"哼，真烦人，早晨就不该跟你出来。怎么倒霉的总是我！"儿子哭丧着脸。

"快一点儿子，快去啊！"我费劲地喊。

"钱呢？买药得用钱呢！"儿子没好气地问。

"你身上没钱吗？我站不起来了！"我勉强抬起头来。

"那钱是我的，买药的钱该你自己付。"儿子坚持道。

"好吧，你从我的上衣口袋里掏吧！"我有气无力地告诉儿子。

儿子掏了五十块钱，慢吞吞地过了马路。

我继续蹲在那里，引起了不少人的围观。有好心人拨打了120急救电话，于是救护车赶到了现场。

我慌忙站起来，跟急救人员解释：我没有问题，只是想锻炼儿子的应急处理能力。我把刚刚发生的故事从头到尾地讲了一遍。

急救中心的医生并没有责怪我的捣乱行为，只是警告我以后别再搞这类"演习"了。他还说，前几天有一个当父亲的，为了考验儿子跳到了井里，他儿子不仅没救，还找了根棍子往水里捅，幸亏有人发现得早，报了警，我们及时赶到把他救了上来。你儿子跟他儿子相比，还是好多了，知足吧！

我记住了他的话，这辈子绝不再搞这类荒唐的"演习"了。

求情

警察同志,你们把他放了吧,他还年轻啊。对,他是打了我,那也不能全怪他,我也有做得不对的地方。再说打得也不重,您看,我这条胳膊可以抬起来了,右腿还能动,断了的四根肋骨差不多全好了,左眼看东西也不像过去那么模糊了。眼睛受伤全是我的错,怪不得年轻人,他向我砸砖头时如果我不躲闪也就不会出这事儿,砖头砸在脑门和鼻梁之间不会有事的。那地方骨头硬着呢,是因为我脑袋一闪,砖头才碰到眼睛的,这不能赖他。

警察同志,我都这么大岁数了,我一辈子都没撒过谎,我对天发誓,是你们搞错了。他并不是天天打我,只是隔三差五的有些肢体接触。不信您可以去问问我的街坊邻居。

警察同志,我不骗您。我真的没事儿,没有受到虐待和毒打。我平常吃得就少,你们不能听那些闲话,我有时两三天才吃一顿饭,那是我想减肥,不是他想饿死我。您瞧我这身体,一点毛病都没有,瘦是瘦了点,但健康着呢。怎么能说是他把我打成重伤的?您不是看见了吗?我可以不挂拐的,内脏一点问题都没有,您看这是医生开的证明。

警察同志,他打我那是因为我先动的手。二十年前我先动手打的他。他那年才五岁,小孩子淘气调皮,拿着把水果刀扎伤了邻居家小姑娘的大腿。我当着大伙儿的面，朝他屁股上踢了一脚。现在想起来，我都很后悔。我不该踢他屁股，而且是当着别人的面，这对他幼小的心灵造成了多么大的伤害啊！

  警察同志，你们千万别把他关起来。他才二十五岁，还是个孩子，国家有多少大事等着他去办呢！嗨，全怪我，我当时要是不大喊救命，怎么会把你们惊动了呢？噢，你们可能还不知道吧，他是我的儿子呀！如果你们把他关进监狱，亲戚朋友、街坊邻居会笑话死我的。我哪还有脸去见人呢？我又怎么能对得起他死去的妈呢！我求求您啦，求求你们大伙儿啦，让我把儿子领回去吧，他其实是个好孩子，就是不懂事儿。

  警察同志，您是问我他妈吗？他妈就是我的妻子，老婆。她五年前就死了，那时我儿子正好二十岁。他很少打他妈妈，我可以作证。她死得突然，那是她自己做事不小心，站在阳台上晒衣服，脚跟没站稳。我儿子跟她闹着玩儿，轻轻一推她就从楼上掉了下去，摔死了。

等一会儿

"该起床了!"我喊了第四遍了。

"等一会儿。"儿子也回答了四遍。

"快洗脸去。"他妈妈至少催了三回。

"等一会儿。"儿子同样回答了三次。

从儿子上小学的头一天起,我们每天早晨都重复着这同样的一问一答。每学年末,学校返给家长的通知单上,记录着全年几乎一天不漏的儿子迟到的劣迹。

"该做作业了!"我和妻子每天晚上一遍又一遍地催促着儿子。"等一会儿!"儿子一边不厌其烦地换着电视频道,一边不厌其烦地应答我们的催促。于是,我们经常接到儿子未完成家庭作业的电话通告。

"该洗袜子了!"在睡觉前我们轮番提醒儿子,生怕他忘了。"等一会儿!"他不耐烦地冲我们嚷嚷。结果,每到周末我们都从他的床底下和书桌的抽屉里找出一双双臭气熏天的袜子,然后替他集中洗完。

"快把水龙头关上!"儿子每次刷完牙,总是咧着嘴反反复复地对着镜子欣赏他那口不知有何美感的牙齿,而不顾自来水哗哗地流着。"等一会儿。"他还是不紧不慢地龇着牙。我们急着去赶班车。晚上回来后,家里灌满了水,他站在没膝深的水中，悠然自得地对着镜子欣赏那口该死的牙。

有一次，我和妻子同时出差，又一同回到了家。"快开门，我们没带钥匙！"我俩喊了无数遍。"等一会儿。"他坐在地上玩电脑，无数遍地让我们等着。我和妻子从傍晚等到天亮。

儿子后来出国了。到国外时，我们曾给他打过电话，他在电话的那头说："等一会儿，我给你们打过去。"从那时起，我们就一直守在电话机旁。五年过去了，直到今天，我们老两口还没接到儿子那"等一会儿"打来的电话。

·一个人的聚会·

重阳节那天,老爷子比平时起得更早。

"这么晚还没睡?您又叮咣地折腾啥呢?"儿子冲着老爷子喊,边揉眼睛边打哈欠。

"瞎喊啥呀,就你嗓门大?他这是起得早,不是睡得晚。"我也跟着爬起来,受儿子的传染,也揉眼睛、打哈欠,还伸伸懒腰。

"天气真好!蓝蓝的天!"老爷子望着窗外,自言自语。

"天还没亮呢,您怎么知道天是蓝的?爸,爷爷的眼睛是不是出毛病啦?"儿子扭过头懒懒地问我。

"净胡说。他眼睛好着呢,能看见遥远的未来。就是耳朵背,听不见一句坏话。"我跟儿子打哈哈。父亲的确老了,常常黑白不分,一会清楚,一会糊涂。毕竟是快九十岁的人,能活到这把年纪本身就是个奇迹。

我把老爷子扶到沙发上坐下,凑近他的耳朵说:"不着急,聚会十一点才开始呢,咱十点出发就来得及。"

"最晚九点走,堵车,不能晚了。"父亲皱着眉头向我喊。

"中午聚会,这才五点刚过,着哪门子急嘛,真够恶搞的,我再睡会儿,把刚才的梦再接上。"儿子用拳捶着后腰回到自己的房间。

老爷子只喝了杯热豆浆，就起身换衣裳了。还是那身十几年前仿制的灰布学生装，左胸前挂满生锈变色的校徽和奖章，正中间佩戴一朵鲜艳的绸制大红花，又反反复复地对着镜子把稀疏难见的几根白头发梳理摆放到他认为满意的地方。"几点了？"每过几分钟，他就问一句。

"还是早点走吧？"等儿子一上班，老爷子就不停地催促我。我终于忍不住，刚熬过八点半，就开车送他去学校。

父亲着急参加的是一场同学聚会。从七十岁开始，他们每年都要聚会一次，时间定在不冷不热的重阳节。他是此项活动的发起人和积极参与者，除一次因胃部手术没到外，从未缺席过。每到聚会前一个月，他就变得兴奋而忙碌，不停地打电话通知提醒。戴着老花镜，在涂满各种符号标记的通讯录上反复核实变动的信息。有时他会给已经去世三四年的同学的儿女打电话，通知聚会时间地点，惹得人家很不高兴。随着年纪的增长，记忆力开始明显衰退，遗忘的越来越多，记住的越来越少。但不论忘了什么，聚会这件事他却从没有忘记过。

九点刚过，我和父亲就到了大学餐厅。老爷子离休前一直在母校任教，这也是他不厌其烦地张罗校友同学常年相聚的原因之一。餐厅的大门上着锁，显然我们来得太早了。我只好陪他老人家在校园里先散散步。他边走边指点着一处处建筑，向我介绍它们的历史沿革并掺杂着当年的人与事。有些故事我早就知道了，但又不得不装出头一次听说的兴奋。人老了，回忆渐渐变成其独特的健身方式。

我和他走走停停，还在树丛中的长椅上坐了一会儿，总算过了一个钟头又返回到餐厅。校方的校友办公室找来了十几位大学生志愿者站在餐厅门口迎候与会的"师爷师太"们，鲜嫩的脸庞与糙老的面孔对比强烈。

陆陆续续来了二十多位父亲当年的老同学，有拄拐的，有坐轮椅的，也有身板硬朗能独立行走的，但都需要有人陪护。陪护人员的数量远远超过正式参会者。有儿孙跟来的，也有因当年级别职务较高至今仍配备秘书、警卫、司机、保姆的。一位矮个子小老头儿，身前身后围了五个工作人员，其中两位是穿着军装的现役士兵。我凑近父亲耳边问："这个老头当年是干什么的？"父亲摇摇头说："不知道！"我指向邻座的一位老太太问父亲："她叫什么名字？我过去在电视上总看见她。"父亲答："不认识。"当我把手又指到一个方向时，父亲不耐烦地说道："你别再问了，我不知道他们姓甚名谁！"

我十分诧异地看着老爷子，心里琢磨着是不是哪句话没说好惹他生气了。人老了，有时会变得跟幼儿园里的孩子似的，情绪一天多变。父亲神情沮丧地告诉我："他们都是我的同学，我们当年在延安读书时一共有四百多位，都是十六七岁的男男女女。我们叫队不叫班，我那个分队六十四人。整天在一起学习、训练、打球、唱歌，从不打架。嗨，现在都老了，不少同学早就走了。我是七十岁那年开始组织聚会的，每年见一面，来的人越来越少，陪的人越来越多。十八周年啦！年轻时的好同学，退休后的老朋友，多熟悉啊！可现在能叫上名字的人没剩下几个了，差不多全忘了。头十年我不光能说出他们的名字、籍贯，还知道他们的工作单位，包括老婆孩子，现在全都忘得一干二净了。去年还记得的姓名，今年就记不住了。连面孔都陌生了，完了，老了，痴呆了。"老爷子情绪低落，语气伤感。我连忙开玩笑安慰他说："这种事很平常，年轻人也有记性差的时候。我就不记得教我中学语文的蔡老师姓什么啦！"父亲不解地瞪着我："你说啥？快要上菜啦？"

趁着吃饭的机会，我终于打听到了一位姓叶的老太太。她是我父亲当年的初恋。据我母亲讲，这位"生活作风存在严重问题"的叶阿姨年轻时与我父亲有过一段"眉来眼去"、"打情骂俏"的暧昧关系。前年，八十四岁的母亲去世前还愤愤不平地留下遗言："我死后不能让你爸和那个小妖精鬼混在一起！"因为那位小妖精五十年前曾亲口央求过我母亲，说如果有一天你走在我前头了，我就搬过来和他一起住。躺在病床上的母亲咬牙切齿地告诉她："姓叶的，你活不过我！"叶与母亲同岁，虽然母亲最终还是先走了，但她拖着多病之躯活过了八十四岁，也算是竭尽全力了。母亲死后没多久，父亲还是打起了与叶老太太合住一处的念头。我当时已办退休手续，十分震惊地问父亲："叶阿姨也有这个意思吗？"他非常肯定地点点头。尽管我被两位老人执著的追求深深打动，但还是维护了母亲临终嘱托，劝说父亲打消这个惊世骇俗的荒唐想法。

叶老太太来迟了，等她露面时桌子上的菜差不多吃完了，有几位老人已离席提前告辞回家午睡了。父亲仍坐在那里，不时地四下张望。当叶老太太走到他面前时，他的眼睛似乎真的增加了亮度。两位老人握了握手，没说什么。叶阿姨挨着父亲身边坐下，我这才注意到那个椅子原来一直空着，父亲把胸前的大红花摘下来放在座位上替她占着。他俩旁若无人地相互凝视着,半天不开口。我不得不凑到父亲耳边替他打破僵局:"这位是……"他缓过神来,扭头告诉我:"你要叫叶阿姨!"我叫了,她微微笑着,说:"身体还好,我们一年只见这一面!"父亲的听力恢复了正常,点着头说:"明年还聚!""对,还聚!"她兴奋地附和着。"最后只剩下咱俩,也要聚!""一定一定!"叶阿姨没穿灰布军装,而是身着一件鲜红绣花的雕缎夹衣,一头雪白的银发,梳理的整齐利落。

临走时,父亲站在车门前突然问我:"那个女生是谁?""女生?哪个女生?"我不解地反问道。"就是刚才一直跟我说话的那个老太太,"他边说边抬起颤抖的手指向远处。"你是说树底下的那位穿红衣服的老太太?那不是叶阿姨吗?"我诧异地盯着他。"叶阿姨?她是……"父亲一脸茫然。